A infância acabou

Renato Tapajós

Ilustrador: Marcelo Martins

editora ática

O texto ficcional desta obra é o mesmo das edições anteriores

A infância acabou

DIRETOR · Fernando Paixão
EDITORA · Gabriela Dias
EDITOR ASSISTENTE · Fabricio Waltrick
APOIO DE REDAÇÃO · Pólen Editorial e Kelly Mayumi Ishida
PREPARADOR · Carlos Alberto Inada
COORDENADORA DE REVISÃO · Ivany Picasso Batista
REVISORA · Olivia Frade Zambone

ARTE
PROJETO GRÁFICO · Tecnopop
EDITORA · Cintia Maria da Silva
EDITORAÇÃO ELETRÔNICA E CAPA · Exata

CIP-BRASIL. CATALOGAÇÃO NA FONTE
SINDICATO NACIONAL DOS EDITORES DE LIVROS · RJ

T175i
6.ed.

Tapajós, Renato, 1943-
A infância acabou / Renato Tapajós ; ilustrações Marcelo Martins. - 6.ed. - São Paulo : Ática, 2006
160p. ; il. - (Sinal Aberto)

Inclui apêndice e bibliografia
Contém suplemento de leitura
ISBN 978-85-08-10696-7

1. Problemas sociais - Literatura infantojuvenil. I. Martins, Marcelo, 1959-. II. Título. III. Série.

06-3322. CDD 028.5
CDU 087.5

ISBN 978 85 08 10696-7 (aluno)

CL: 735410
CAE: 210501

2021
6ª edição, 10ª impressão
Impressão e acabamento: Vox Gráfica

Avenida das Nações Unidas, 7221
Pinheiros – São Paulo – SP – CEP 05425-902
Atendimento ao cliente: (0XX11) 4003-3061
www.aticascipione.com.br
atendimento@aticascipione.com.br

Luz no fim do túnel

Marcos está numa **situação muito difícil**: seus pais se separaram, ele foi morar com o pai num modesto apartamento, seu último par de tênis foi roubado e o dinheiro não dá nem para pagar a mensalidade do colégio.

Acostumado a ter **tudo** o que queria, Marcos viu seu mundo virar de cabeça para baixo depois que o pai **perdeu o emprego**. E a dificuldade para arrumar um trabalho depois dos 50 anos abate em cheio seu pai, que tinha sido vice-presidente de uma empresa renomada.

Mas o que parecia ser uma grande tragédia acaba se transformando em uma **rica experiência de vida**. Agora, o jovem tem de correr atrás das oportunidades para ganhar seu próprio dinheiro. Com isso, revê antigos valores e testemunha a **luta** pela sobrevivência de pessoas bem diferentes daquelas que conhecia. Tudo isso em meio a muito *rock*, *rap*, computadores de última geração, novos amigos e a emoção do primeiro amor.

Não perca!

- *O choque de valores entre pessoas de realidades sociais diferentes.*
- *A luta de um jovem pela sobrevivência.*

Nesta história, você vai acompanhar as inúmeras paisagens percorridas por um adolescente que resolve conquistar e assumir o seu **lugar no mundo** — e conhecer também um pouco mais sobre o autor lendo a entrevista exclusiva que está no fim do livro.

1

Aconteceu quando ele estava a menos de dois minutos de casa. Tinha descido do ônibus escolar no Ibirapuera, perto da Assembleia Legislativa, e vinha subindo a Manuel da Nóbrega. Atravessou a rua em frente à bilheteria do Ginásio e estava chegando na calçada da Pizza Hut quando viu os caras. Em sua direção vinha um moleque franzino, baixo, sem camisa, com

umas calças esfarrapadas. Tentou se desviar, mas o garoto mudou o rumo e se manteve na sua frente. Quase simultaneamente, percebeu que vinha alguém por trás.

— Ô, meu! Vai dando o relógio e o tênis.

Havia um tom de urgência na voz do garoto. Marcos hesitou: aos quinze anos tinha um corpo bem desenvolvido, de quem joga basquete, embora não tivesse altura suficiente para pensar em ser profissional. O moleque, além de pequeno e fraco, não tinha nenhuma arma visível. Pensou em dar-lhe um tranco e correr, quando uma voz menos infantil soou em seus ouvidos.

— Tá surdo, cara? Não vê que o moleque tá pedindo?

Olhou por sobre o ombro. Um deles era mulato, com os músculos estufando a camiseta barata; o outro, um branquelo magro, de cabelo escorrido, com a cara cheia de espinhas. Eram, portanto, três. O mulato era bem forte e tinha cara de quem sabe brigar. Além disso, Marcos viu, ou pensou ver, um volume suspeito por baixo da camisa do outro, na altura da cintura.

— Pode levar, cara. Na boa — disse Marcos.

Tirou o relógio, entregou para o garoto. Abaixou-se, pôs o fichário no chão e desamarrou o tênis. Ficou novamente em pé, terminando de tirá-lo com os pés. Percebeu que estava gelado, como se estivesse longe dali, vendo a cena como espectador. Parecia que os movimentos, dele e dos assaltantes, rolavam em câmara lenta. O moleque pegou os tênis e, com o relógio na outra mão, disparou na carreira. Marcos voltou-se e os outros dois já estavam longe; não corriam, mas andavam num passo rápido. Na esquina, entraram na transversal. O moleque já tinha sumido.

Marcos se abaixou para pegar o fichário e olhou para os pés. As meias, além de sujas, estavam, ambas, furadas no dedão. Ao se levantar, era como se subisse junto uma onda de calor, de raiva e de vergonha, pelo peito, pelo pescoço, tomando o rosto. O coração, agora

que tudo tinha passado, disparou. Olhou em torno. As pessoas continuavam com suas atividades, como se nada tivesse acontecido. Ninguém tinha visto nada. "Vai ver não aconteceu mesmo", pensou Marcos. "Quem sabe eu já saí de casa sem tênis, só de meia. Furada." Ficou por um momento de olhos fechados, para que a respiração voltasse ao normal. Começou a andar novamente, agora com certo cuidado, porque só de meias podia se ferir no calçamento malconservado.

Subia agora a Brigadeiro Luís Antônio, o rosto fechado, fazendo algum esforço para não chorar. Fragmentos de imagens, ideias pouco articuladas. Pensava que podia ter dado um tranco no moleque e corrido, que podia ter enfrentado os dois maiores — vai ver eles nem estavam armados, aquele volume não era nada. Pensava que o tênis era novo e que o relógio tinha sido dado por sua mãe, antes de seus pais se separarem. Pensava, sem formular isso claramente, que tinha se comportado como um covarde.

Levantou os olhos e viu o prédio onde agora morava com o pai. Um predinho de três andares, sem elevador, com uma fachada que talvez tivesse sido amarela, hoje suja e encardida pela fumaça dos ônibus, sacadas de linhas arredondadas, janelas de madeira meio descascada. Apressou o passo, empurrou a porta de metal do vestíbulo e entrou. O ambiente era mais frio que a rua, úmido, com um ligeiro cheiro de mofo. As paredes, de madeira, deveriam ter sido elegantes algum dia. Mas esse dia fora há muito tempo. Hoje elas eram apenas uma sequência de manchas de umidade, infiltrações antigas e novas. Não havia porteiro; apenas uma caixa, na parede, com uma fenda dando para a rua, onde era depositada a correspondência para os apartamentos. Não olhou para os lados. Com os olhos postos na passadeira de linóleo, desgastada e de cor imprecisa, buscou a escada, no fundo do aposento.

2

O pai estava sentado à mesa da sala, jornal aberto, hidrográfica na mão. Levantou os olhos com o barulho da chave na porta. A luz dura do sol deixava metade de seu rosto amarelo e se refletia no jornal, criando uma luminosidade difusa na outra metade. A sala, semivazia com suas paredes descascadas e móveis velhos, estava mergulhada naquela contraluz dourada que fazia brilhar as partículas de poeira vindas da rua. Marcos parou na frente dele, o rosto pesado.

— Que aconteceu? — perguntou o pai. — Que cara é essa?

— Fui assaltado — disse Marcos. — Levaram o tênis e o relógio.

— Como é que foi acontecer uma coisa assim? — o rosto do pai revelava irritação.

— Uns moleques me cercaram. Achei que um deles tava armado. Não deu pra fazer nada. E não vem achando que a culpa é minha.

O pai, que havia começado a se levantar, sentou de novo. Passou a mão no rosto, se acalmando.

— Não, Marcos, eu não estou achando que a culpa é tua. Não é isso. Eu ando muito tenso e, você sabe, a gente está sem dinheiro pra comprar outro tênis e relógio. Por enquanto não vai dar.

— Por isso também que eu fiquei bravo. — Marcos se aproximou da mesa. — Além de me sentir um frouxo, como é que eu vou na festa do Carlinhos hoje?

— Vamos pensar num jeito — disse o pai. — A gente resolve.

Marcos tinha posto o fichário sobre a mesa. O pai segurou-lhe levemente o braço, quase como uma carícia. Falou noutro tom, já sem irritação.

— E não fica esquentando por não ter reagido. Não dá para correr um risco desses: não é covardia, é bom-senso.

— É, eu sei — disse Marcos, afastando-se da mesa. — Eu vou lá pra dentro.

Foi para o seu quarto. Antes de abrir a porta, olhou novamente para o pai, mergulhado outra vez nos classificados do jornal. Fazia meses, quase um ano, que aquela rotina se repetia. A não ser nos poucos dias em que conseguia algum trabalho como free lancer, ele lia as ofertas à procura de um emprego, mandava currículos, submetia-se a entrevistas. Aos 47 anos, estava difícil conseguir trabalho. O rosto, envolto pela luz, revelava cansaço. Marcos entrou no quarto, bateu a porta. Um flash de seu antigo quarto lhe passou pelos olhos: os móveis novos, bonitos, a luz quebrada pelas persianas criando um ambiente gostoso, o parque visto pela janela. Como uma imagem sobreposta, seu quarto real, o de agora: pintura velha, descascando em alguns pontos, aqueles móveis tão antigos e pesados, escuros. Se olhasse pela janela, só veria telhados enegrecidos pelo pó e pátios de cimento. A cortina barata, a sensação de estranhamento, de não fazer parte daquilo. Jogou-se sobre a cama. Pensou vagamente na festa da noite, como algo meio fora do seu alcance. Cada vez mais coisas entravam nessa categoria. Uma rápida imagem de Priscila — o perfil limpo, o cabelo louro, o sorriso — passou por seus olhos. Quase imediatamente o rosto do garoto que o havia assaltado voltou, nítido. Abriu os olhos. "Preciso fazer alguma coisa", pensou. Quase ao mesmo tempo, ouviu o telefone tocar. Sentou na cama e ficou esperando.

— Marcos! — gritou o pai. — É pra você.

Correu para a sala, pegou o telefone. Sorriu ao ouvir a voz de Pedro. Pedro era novo na escola, tinha se transferido havia menos de um mês, mas era um cara legal. E morava a menos de duas quadras dali.

— E aí? — disse Pedro. — Tudo bem?

— Nada, meu — resmungou Marcos. — Me assaltaram aqui perto. Levaram o relógio e o tênis. Acho que nem vai dar pra ir na festa, hoje.

— Não esquenta, cara. — Pedro parecia animado. — Te empresto um tênis, sem problema. Mas é o seguinte: você pode vir até aqui? Sabe aquele negócio que eu tava fazendo no micro? Tá pronto e eu queria que você visse.

— Legal — disse Marcos. — Tô indo.

Desligou o telefone, voltou ao quarto e calçou um tênis velho, com um enorme rasgão do lado, consertado com *silver tape*, a sola gasta até o limite.

— Vou na casa do Pedro, pai.

— Tá bom. — O pai não levantou os olhos do jornal. — Não volta tarde.

3

O quarto de Pedro não era muito grande. Móveis bem planejados, funcionais, davam um ar de aconchego. A janela revelava a paisagem civilizada dos Jardins e o computador se encaixava numa mesa apropriada.

— Olha — disse Pedro acionando o mouse. — Isso é a ideia da primeira página.

— O fanzine — constatou Marcos, sentando-se na beira da cama.

Pelo menos por um momento os problemas que o incomodavam se tornaram distantes. A realidade passou a ser aquele pequeno pedaço de vídeo luminoso na sua frente, onde as imagens tomavam forma. No retângulo que ocupava o centro da tela surgiu uma página diagramada com fotos, algum texto, um desenho grande e o título, rasgando a parte superior da página: "Trash!".

— Legal — disse Marcos. — De quem é o desenho?

— Eu escaneei de uma revista — esclareceu Pedro. — Mas, eu já tinha te falado isso, a ideia era você fazer os desenhos. Esse tá aí só para ocupar lugar, saca, para eu poder diagramar.

— Ah, bom... — Marcos pensou um pouco. — Afinal, qual é o barato desse fanzine? Você só me falou que ia tentar fazer... e mais nada.

— É mesmo, cara. — Pedro deu o comando de impressão e se voltou para Marcos. — Aquele dia eu tava correndo pra aula de música, nem deu tempo... É o seguinte: conheço uns caras que tocam numas bandas, quase tudo gente que tá começando, que ensaiam num estúdio aqui perto, alguns têm umas aulas lá onde eu também vou... Eles conhecem uma porrada de gente do meio, bandas que tão fazendo clipes demo, tentando tocar nos lugares, gravar, chegar na MTV... e uma hora falaram que era legal um fanzine que pudesse dar notícia deles, juntar os caras... Eu falei que podia tentar...

A página estava saindo da impressora que ocupava uma prateleira grande na estante. Marcos a pegou pela ponta, olhando com atenção.

— Muito legal, cara... — Marcos tinha dúvidas. — Mas... quem banca isso tudo?

— Ninguém, né, meu... — Pedro parecia ter tudo muito claro. — Cada um faz o que pode, entra com o que consegue... A gente depois faz as cópias em xerox, tem o baixista duma banda aí que trabalha numa copiadora, parece que dá pra... saca?

Marcos pensou um pouco. Na verdade não tinha muito o que decidir. A coisa toda era bem legal.

— Eu topo, claro. Você sabe que eu toco... tocava bateria e...

— Não sabia, cara, que barato! — Pedro se entusiasmava. — Pensei que você era bom só no desenho... O que que você tocava? Por que parou?

— Tocava rock, claro. — Marcos hesitou. — E eu parei... ah, parei porque meu pai não tinha mais grana, parei com as aulas e, quando a gente mudou, vendi a bateria.

Pedro percebeu que o assunto era delicado.

— Olha, cara, com esse movimento do fanzine, você pode até se juntar aí com uns caras... Tem sempre banda procurando baterista, é legal...

— Eu ainda tava aprendendo — Marcos queria se animar. — Esse pessoal toca o quê?

— Tem de tudo — respondeu Pedro. — A maior parte é bem heavy, tem muito, muito trash... por isso o nome do fanzine. Mas tem grupo de rap e até uns moleques que fazem reggae...

Marcos olhava de novo a página impressa. Pegou um lápis e uma folha de papel que estavam em cima da mesa e começou a fazer a caricatura de um garoto, com uns tênis enormes, tocando guitarra. Pedro olhava, interessado.

— Pô, meu, você desenha muito bem — entusiasmava-se Pedro. — Vai dar o maior pé.

— Por falar em pé, você vai me emprestar aquele tênis? — perguntou Marcos.

— Claro! — Pedro já remexia no armário. — Que droga ser assaltado, cara, que azar!

— Quando a gente está na pior, só atrai mais... — Marcos olhava seus próprios tênis, de boa marca, mas completamente detonados.

Pedro olhava para ele, com uns tênis quase novos na mão.

— Por que você diz que está na pior?

— Porque é verdade — disse Marcos. — Olha, faz quase dois anos que meu pai foi mandado embora de um emprego onde ele trabalhava fazia mais de vinte anos. De lá pra cá ele não arrumou mais emprego, minha mãe se separou dele, o dinheiro acabou... foi mal.

— Mas a nossa escola é paga — admirou-se Pedro. — Como é que...

— Ah, isso. É o meu irmão mais velho, ele mora com minha mãe, sabe. Ele está na faculdade e trabalha. Ele falou que pagava um ano de escola pra mim, até meu pai se virar. O ano está acabando e eu estou achando que vou ter de ir para a escola pública no próximo...

Pedro estendeu os tênis para ele.

— Fica o tempo que precisar, eu tenho vários outros.

— Legal. Obrigado — murmurou Marcos pegando os tênis. — Vou fazer uns desenhos. Amanhã te mostro. Mas a gente se vê na festa, não é?

— Claro — disse Pedro, indo para a porta. — Se você quiser, vamos juntos.

— Legal. — Enquanto saía, Marcos bateu de leve, com a mão fechada, no ombro do outro.

— Valeu. Lá pelas oito, aí embaixo.

— Valeu — Pedro respondeu ao cumprimento.

4

A sala da casa de Carlinhos tinha uma porta lateral de vidro, dessas de correr, grande e larga, que dava para um espaço ajardinado em frente à entrada da garagem. A festa se espalhava pela sala, pelo jardim e até pelas outras dependências da casa. Mas a maior parte das pessoas estava ali, entre a sala e o jardim. Marcos tomava refrigerante num copo de papel, encostado em uma coluna de onde via o jardim e parte da sala. Já estava quase todo mundo lá. Pedro se aproximou.

— Pô, cara, animada a festa — comentou Pedro. — Não conheço quase ninguém.

— Claro, a maior parte é ou foi da escola — explicou Marcos. — Você está há pouco tempo lá... Tem também os amigos dele aqui do bairro, o pessoal do full contact...

— Tá, eu sei que é aniversário dele — disse Pedro. — Mas eu não estou vendo nem pai, nem mãe, nem parente que sempre tem em aniversário.

— O Carlinhos sempre combina deles se mandarem. Vão viajar, sei lá.

— Olha — disse Pedro — a Adriana. Vou lá falar com ela.

Marcos ficou vendo o outro se afastar, chegar perto da Adriana, dar dois beijinhos, entrar de mãos dadas para a sala. Sentia-se deprimido, meio fora do espírito da festa. Na sala, um grupo já dançava. No jardim, os grupinhos se formavam para conversar, animados, risadas estalando no ar. Viu Priscila junto com duas outras meninas, conversando entre risinhos, o cabelo louro quase branco com a luz do jardim. Aproximou-se.

— Oi — cumprimentou Marcos. — Legal a festa, não?

— Vai ficar melhor ainda — respondeu Priscila, aproximando o rosto para os beijinhos de cumprimento. — A banda do Coisa vem tocar!

— Muito legal — comentou Marcos, depois de dar os beijinhos. — Eles estão tocando muito bem.

Priscila pegou o braço de Marcos e se afastou com ele das outras meninas. Ele sentiu o coração acelerar as batidas, numa expectativa intensa. Mesmo com o refrigerante, sua boca estava repentinamente seca. Pensou, por um momento, que sua sorte podia estar virando.

— Sabe aquele trabalho de história? — perguntou Priscila.

— Claro que sei — disse Marcos. — Todo mundo anda meio assustado com a professora.

— Assustado? — disse Priscila abrindo bem os olhos verdes. — Eu estou em pâ-ni-co.

Marcos estava quase hipnotizado pelo brilho dos olhos da garota. Achava tudo que ela dizia interessante, importante.

— Você pode me ajudar? — ela perguntou. — Você é crânio, mas não é chato como aqueles meninos da frente.

Marcos sabia que ela se referia ao Júnior e seus amigos, que além de tirarem sempre boas notas eram uns mauricinhos.

— Claro que eu posso — Marcos hesitou. — Pra você, eu sempre posso.

Priscila sorriu, autoconfiante.

— Depois da festa, você não quer ir com a gente no Columbia, amanhecer lá? O motorista do meu pai ficou de ir buscar a gente às seis da manhã...

Marcos gelou. Para não dizer que estava sem um tostão, devia ter uns cinco reais na carteira.

— Acho que não vai dar, eu fiquei de voltar cedo... — gaguejava, sem conseguir inventar uma desculpa coerente.

— Que pena! — disse ela, soltando seu braço. — Vai uma turma bem legal... Depois eu te ligo para combinar do trabalho.

Ela se afastou, sorrindo para ele. Um sorriso que misturava a compreensão de que habitavam mundos diferentes com a segurança de quem se sabe atraente. Marcos ficou parado, esvaziado, sentindo pela segunda vez naquele dia que devia ter se arriscado, mesmo podendo quebrar a cara. A mesma sensação de covardia da manhã. Tomou o resto do refrigerante de um gole, amassou o copo e jogou-o num latão que havia no canto. Sentou-se pesadamente num banco que ficava no lado mais afastado e calmo do jardim. Ficou olhando para a grama, para o tênis emprestado pelo Pedro — o que o deixava ainda mais deprimido. Sentiu a presença de alguém a seu lado. Olhou, era Flávia. Nem tinha percebido quando ela havia sentado.

— Oi — disse ela. — Você parece meio pra baixo...

— Oi — respondeu Marcos. — Nada, não. Quer dizer...

Deixou a frase no ar, enquanto Flávia o olhava com um sorriso maroto e solidário, de quem está sacando tudo e oferecendo apoio. Marcos olhou, agradecido, para ela. Era uma grande amiga, uma presença agradável. O cabelo negro muito curto, o rosto moreno de feições finas e miúdas, com os olhos sempre faiscando de interesse por tudo que estava em volta. O corpo pequeno e forte, sempre de jeans e camisa, Flávia andava muito mais com os garotos que com as meninas, e seu universo de interesses incluía muito pouco das preocupações de suas colegas. Por vezes, Marcos quase a considerava como mais um da turma. Mas agora, vendo o interesse nos olhos dela, percebia algo de profundamente feminino, quase maternal, no seu jeito. Relaxou e sorriu.

— É, não estou muito legal. — Sentiu-se um pouco constrangido de falar de Priscila. — Hoje não foi um bom dia.

— Eu estava sacando a cena. — Flávia pegou na mão dele, fazendo um carinho. — A outra lá, a Barbie da Vila Olímpia, te deu uma bela esnobada... e você fica feito um bobo, aí.

Marcos não pôde deixar de rir do sarcasmo de Flávia. Estava gostando de estarem de mãos dadas — era quase como se fosse o carinho, o apoio de uma irmã.

— Tá, é verdade — disse ele —, mas a culpa é minha, não é, se eu não tenho grana para entrar nos programas...

— Para com isso, cara, não tem nada a ver! — Flávia ficou verdadeiramente irritada. — Eu acho que ela te faz de bobo. Esse negócio de grana é você que tem que resolver, ninguém tem nada a ver.

— Mas não é fácil. — Ele voltou a ficar sombrio. — Para qualquer lado que você olha, é tudo grana, sacou? Esta festa, esta casa, a roupa das pessoas, qualquer bobagem que a gente pensa em fazer... Às vezes parece que tem um muro, uma cerca, que vai crescendo a cada dia que passa e me deixando de fora...

Flávia largou a mão dele e deu-lhe um soco no braço. Um soco forte, para doer.

— Cara, você torra. Falando assim, parece meu tio, que é um perdedor, nada dá certo na vida dele. Mas ele já tem mais de quarenta anos e é um chato.

Sem se dar conta, Marcos pensou em seu pai. Irritado, afastou o pensamento. Levantou-se.

— Vou pegar mais refrigerante — disse para Flávia. — Você quer?

— Não. Ei, você não ficou bravo comigo, ficou? — O olhar de Flávia traía preocupação.

— Não, não. Acho que é comigo mesmo — disse Marcos, com um sorriso forçado, enquanto se afastava.

Ele não percebeu que Flávia o seguia com o olhar e que nesse olhar havia preocupação e muito carinho, ainda que não exatamente um carinho de irmã.

5

Já era começo da madrugada. Marcos, Pedro e vários outros faziam um semicírculo em torno da banda do Coisa, que atacava um rock pesado, com as guitarras soando como um motor que acelera. Na frente do grupo, o Coisa fazia jus ao apelido: grande, grosseiro, quadrado de tão forte, com um pescoço largo como o de um boi e o rosto amassado como o de um pugilista que apanhou muito. Ele dava a impressão de que ia destruir a guitarra e berrava ao microfone com uma voz gutural, rascante e muito grave. Não dava para entender absolutamente nada do que cantava e isso parecia ser um componente importante do sucesso que fazia.

Marcos, acompanhando o ritmo com a cabeça, não tirava os olhos de Priscila, que parecia se divertir muito e não olhava para ele. Sentiu alguém se encostar: era Flávia, que o abraçou pela cintura. Ele passou o braço pelos ombros dela, sem perder o ritmo. Flávia gritou perto de seu ouvido, para se fazer escutar acima do som.

— Legal o som do Coisa! Nunca tinha ouvido.

— É bom! — Marcos também gritou no ouvido dela. — Mas eu toco bateria melhor que aquele cara...

— Ah, é? — Ela olhou por um momento para a cara de Marcos. — Espera aí.

Afastou-se dele e foi direto falar com o Coisa. Berrou no ouvido dele, que não parou de tocar. Ele concordou com a cabeça e Flávia recuou, rindo. Marcos, próximo do pânico, olhava para ela. Voltou-se para ir embora, mas Pedro e os outros dois que estavam ao lado, percebendo o que se passava, bloquearam o caminho. O Coisa interrompeu a música e berrou no microfone.

— Acabaram de me falar que o Marcos é bom de bateria e disse que toca melhor que o Gordo. Quero só ver. Ô, Gordo, pula fora.

O Gordo, acostumado às brincadeiras do Coisa, saiu da bateria. Ao perceber que Marcos tentava escapar, foi lá, abraçou-o por trás. Ele era umas três vezes maior e mais gordo que Marcos. Levantou o outro do chão e carregou-o até a bateria. Marcos não teve como fugir.

— Toca! Toca! — o grupo todo começou a gritar.

— Vamo lá! — disse o Coisa, e atacou na guitarra um acorde ensurdecedor.

Marcos, sem outra saída, pegou as baquetas e começou a tocar. O Coisa teve, pelo menos, o bom-senso de não tocar nada do grupo, que Marcos não conheceria. Ele partiu para um cover do Sepultura — e isso Marcos dominava bem. Em pouco tempo, ele se sentiu totalmente à vontade, o ritmo fluindo, o som dominando tudo. Por alguns momentos ele não viu mais a sala nem as pessoas. A realidade era totalmente formada pela bateria em sua frente, a caixa, o surdo, os tom-tons, os pratos. Longe, quase no limiar da sua percepção, estavam os caras da banda, o Coisa com a guitarra e o Carlos com o baixo. O som era uma massa sólida, pulsando em torno, como uma parede móvel, uma grande caixa. Depois de algum tempo, seus movimentos foram ficando mais naturais, fluindo com mais espontaneidade, sem exigir tanta concentração.

Ele começou a notar as pessoas que se acotovelavam em torno da banda. Flávia, Pedro e seus amigos vibravam com o ritmo. Do outro lado da sala, viu Priscila, que olhava para ele com um meio sorriso. Mesmo a contragosto, sentiu um calor que lhe subia pelo pescoço e redobrou o entusiasmo com que tocava. Pelo canto do olho viu que as gêmeas tinham entrado na sala e balançavam a cabeça, em movimentos curtos, no ritmo da música. Continuou a tocar e sabia que estava dando um espetáculo, jogando a cabeça para frente e para trás, exagerando o movimento dos braços, repre-

sentando o papel de roqueiro heavy. Sabia também que representava para Priscila, e que, mesmo sem admitir, procurava impressioná-la.

O Coisa conduziu a banda por mais três músicas e Marcos ficou atento às transições, cuidando para não errar. Quando se sentiu novamente seguro, olhou para a plateia, procurando Priscila. Ela não estava mais lá. Ele sentiu uma pontada de frustração, perdeu por um momento o ritmo. O Coisa olhou para ele, Marcos sinalizou com a cabeça que estava tudo bem e retomou a batida. Olhou para Flávia, deu um sorriso amarelo. As gêmeas, bem perto da banda, sacudiam o corpo com entusiasmo. Marcos ficou olhando e tocando para elas. Algum tempo depois, o Coisa interrompeu a música.

— Caras, eu estou com a garganta seca — disse. — Vou descolar alguma coisa pra beber.

Voltou-se para Marcos.

— Você é bom, cara, você é bom. — Bateu com sua mão enorme no ombro de Marcos. — Foi legal. Quer continuar, daqui a pouco?

— Acho que não. Não quero tomar o lugar do Gordo — disse Marcos.

— O Gordo não tá nem aí. Ó ele lá, tá na dele. — O Coisa apontou para uma rodinha onde o outro falava alto, dava gargalhadas e bebia direto de uma garrafa.

— Pra mim, por hoje, chega — disse Marcos. — Foi bem legal, mas eu estou meio cansado.

— Legal — respondeu o Coisa. — A gente precisa se cruzar mais por aí. Tu tem que tocar, meu. Cara bom assim não pode ficar parado.

Com um tapa nas costas de Marcos, ele se afastou. Marcos saiu, esfregando o local do tapa, que tinha ficado ardendo. Dirigiu-se para onde estava Flávia e Pedro, mas as gêmeas entraram na sua frente, abraçando-o, beliscando-o, dando-lhe beijinhos. Ele olhou para Flávia e ela lhe fez um sinal de paciência, sorriu e se afastou com Pedro, que abraçava Adriana.

— Toma essa Coca — disse Lúcia, empurrando-lhe uma lata na mão.

— Você deve estar com sede, depois de todo aquele espetáculo — riu Luísa.

Ele virou a Coca. Estava mesmo com sede. Pôs a lata vazia numa mesinha e saiu abraçado com as duas. Elas eram praticamente idênticas. Só os amigos mais próximos distinguiam uma da outra por pequenos indícios, como uma pequena marca perto da orelha de Lúcia ou uma falha na sobrancelha de Luísa. As duas tinham cabelo castanho — e o usavam curto —, eram muito brancas e vestiam o mesmo gênero de roupas. Mas o que mais chamava a atenção era que, embora sempre estivessem participando de tudo, na escola e fora dela, tinham um ar absolutamente desligado, como quem nunca está nem aí, vagando através dos espaços e dos acontecimentos como se nada daquilo fosse com elas. Uma vez elas haviam ido à casa de Marcos, antes da mudança, quando eles ainda moravam no belo apartamento do Morumbi. Sua mãe ficou reparando no jeito delas e comentou que as duas pareciam saídas de um filme francês, da *nouvelle vague*. Ele nunca tinha visto nenhum filme da *nouvelle vague*; ficou apenas imaginando umas heroínas vagas, desligadas, entrando em todas como se nem percebessem do que se tratava. As gêmeas eram assim.

— Você já viu o CD-ROM que tem o Megadeth e umas outras bandas? — perguntou Lúcia.

— CD-ROM? Não, nem sabia que tinha — respondeu Marcos.

— Então vamos lá, no quarto do Carlinhos — disse Luísa. — No computador dele.

Entraram no quarto. O computador já estava ligado, um grupinho acabava de sair de lá. Lúcia se sentou em frente à mesinha, procurou o CD numa gaveta. Acionou o player e começou a movimentar o mouse.

Enquanto entravam no programa, Marcos continuava abraçado com Luísa, em pé ao lado da mesa. Ele sentiu a mão dela procurando a sua. Olhou para ela e ela recostou a cabeça em seu ombro, sorrindo para ele. Num impulso, Marcos puxou o corpo de Luísa de encontro ao seu e a beijou na boca. Luísa correspondeu e se aninhou em seus braços. Havia um sofá, junto à janela. Eles foram para lá. Lúcia tirou os olhos da tela do computador, olhou para eles.

— Fiquem à vontade — disse ela, sorrindo. — Eu não olho.

Continuou mexendo no mouse, fazendo as imagens mudarem no vídeo. Marcos e Luísa beijavam-se vorazmente. Ele sentiu o desejo crescer, um enorme tesão tomando conta de seu corpo, fazendo o coração bater descompassadamente, o baixo-ventre intumescido a ponto de doer. Mas sabia que não ia passar muito daquilo. Não com Luísa. Mesmo que ficasse com ela esta noite, ainda que saíssem mais uma ou duas vezes, sabia que com ela, sem um envolvimento maior, não dava para ir muito mais adiante. Não era dessa vez que sua virgindade teria um fim. Nem a dela, acreditava.

Flávia apareceu na porta do quarto e viu os dois. Marcos olhou para ela, embaraçado, mesmo sem saber por quê. O rosto de Flávia perdeu a cor por uma fração de segundo. Quase sem transição, ela se recuperou, deu um sorriso amarelo.

— Opa, gente, desculpa — disse —, não sabia que vocês estavam aí.

Flávia recuou, se afastando da porta. Sem entender direito por quê, Marcos sentiu o tesão diminuir, o interesse imediato por Luísa arrefecer. Encostou-se no sofá. Ela sentiu a transição e não protestou. Deixou a cabeça se apoiar no ombro dele. Ficaram ali, abraçados, olhando para o monitor que Lúcia operava, vendo as imagens mudarem, ouvindo o som que saía das pequenas caixas, misturados aos ruídos mais distantes da festa. Curiosamente, Marcos sentiu descer sobre ele uma certa tranquilidade, uma paz que não tinha sentido o dia inteiro.

6

O grupinho vinha pela avenida, através da madrugada. Devia ser mais de quatro horas, quase não havia movimento, poucos carros, nenhum ônibus. A festa fora minguando aos poucos, eles tinham sido, praticamente, os últimos a sair. Pedro e Adriana, o irmão dela, Marcos e mais Ricardo e os dois Rodrigos, que sempre andavam juntos, além de Flávia. Embora Pedro estivesse há pouco tempo na escola, tinha aderido àquela turma, como se sempre tivesse andado com eles. Vestiam-se todos de forma muito parecida, com suas camisetas largas e abrigos amarrados na cintura. Embora quase todos os adolescentes se vistam de forma semelhante, há marcas distintivas que caracterizam os grupos dentro do conjunto. Um corte de cabelo, um tipo de tênis, os jeans mais ou menos justos, o desenho das camisetas.

Aquele grupo usava um estilo meio largadão, meio casual mas, sem dúvida, pensado em seus detalhes. Eles se espalhavam pela calçada, corriam pela rua deserta, tomando posse da cidade na madrugada. Faziam barulho, pulavam sobre os carros estacionados, chutavam eventuais sacos de lixo. Sentiam-se transgressores, desafiando o estabelecido — mas, na verdade, era uma transgressão tímida, quase ingênua.

Marcos caminhava um pouco afastado, sem participar das brincadeiras, um pouco deprimido, olhando o chão, chutando uma que outra lata jogada na calçada. Flávia se aproximou, sincronizou os passos com os dele.

— E aí, cara — perguntou —, qual é?

— Sei lá — disse Marcos. — Nada.

— Você estava numa boa com a... com uma das gêmeas... — Flávia falava como quem apenas constata, sem dar muita importância. — Nunca sei qual das duas é...

— Luísa — disse Marcos. — Mas eu só fiquei com ela. Não tem nada, não...

— Ah...

O papo morreu. Flávia continuou a andar ao lado dele. Ia falar mais alguma coisa quando ouviram dos outros, lá na frente:

— Ih... sujou!

Um grupo de rapazes — cinco ou seis — tinha surgido da transversal, em frente a eles. Eram um pouco mais velhos, em torno dos dezenove anos. O que vinha mais na frente estava de camiseta regata, deixando ver braços e tórax trabalhados com musculação, além de tatuagens intrincadas e agressivas. Os cabelos estavam raspados, vestia calças justas e usava coturnos. Os outros pareciam variações da figura do líder. Eles pararam em frente aos meninos, bloqueando a rua.

— Olha, cara, na boa — disse Pedro. — Não queremos confusão. Só passar, ir embora.

O outro o encarou, chegou mais perto.

— Ah, vocês são aqueles mauricinhos daquele colegininho de merda. Faz tempo que eu preciso bater um papo com vocês.

— Não é conosco — respondeu Pedro. — Se vocês têm algum problema com gente do colégio, não é conosco.

— Não faz mal — disse o outro —, é tudo a mesma coisa...

Eles se divertiam com o ar amedrontado dos meninos. Marcos, que havia se aproximado, recuou com

Flávia para perto da parede. Flávia segurava em seu braço.

— Quem são esses caras? — perguntou ela.

— São uns caras daquela academia de musculação, perto da escola — explicou Marcos. — É melhor a gente se mandar, porque eles gostam mesmo é de dar porrada.

A conversa com Pedro tinha degenerado rapidamente em discussão. O grandalhão avançou sobre ele, empurrando. Como se fosse uma senha, os outros se moveram rápido, cercando o grupo. Marcos e Flávia tentaram correr, mas um deles entrou na frente.

— Vai lá — disse Marcos para Flávia —, corre para aquele prédio.

Enquanto Flávia corria junto à parede e se escondia num portal próximo, Marcos parou em frente ao outro. A raiva, a frustração do dia inteiro agora se concentravam no sujeito em sua frente. O outro avançou e Marcos disparou uma saraivada de socos, com raiva, mas sem muita direção. O outro desviou da maior parte deles, aparou vários com o antebraço e mandou a mão aberta, num tapa semicircular que pegou a cabeça de Marcos, em cima da orelha. Sentiu a cabeça explodir, um estouro no ouvido, e cambaleou para trás. Nem viu o soco que o acertou no estômago. Sem ar, caiu sentado e rolou no chão. Quando olhou, o outro se aproximava para chutar. Ele viu o coturno crescer em sua direção e rolou, escapando do chute e trombando com a parede. Meio fora de foco, viu outro ser puxado para trás. Era Ricardo, que tinha aplicado uma gravata no sujeito. Marcos aproveitou a folga, rolou para longe, saiu meio de quatro até conseguir se levantar. Correu, passando na frente do portal onde Flávia estava.

— Vem! — gritou, e Flávia pulou para o lado dele.

Os dois correram o mais que podiam, sem olhar para trás. Logo perceberam que ninguém os perseguia, mas continuaram a correr. Algum tempo depois, Marcos viu um Seven Eleven, único lugar aberto àquela hora. O estacionamento estava deserto e a loja parecia uma ilha iluminada no meio da noite. Desabaram nos banquinhos que aquela loja tinha do lado de fora. Ficaram tentando recuperar o fôlego. Marcos, quase refeito da corrida, sentia o ouvido zumbir, a cabeça pesada da pancada, o estômago doendo. Olhou para baixo, meneou a cabeça numa expressão de contrariedade.

— Que foi? — perguntou Flávia. — Não está se sentindo bem?

Ele demorou um pouco para responder.

— Estou me sentindo um covarde, isto sim... — disse Marcos. — De novo. Parece que eu não faço outra coisa senão fugir. Tá sendo isso desde de manhã, quando eu não reagi ao assalto.

— Que assalto? — perguntou Flávia.

Marcos contou. Flávia ficou olhando para ele. Deixou que ele terminasse o relato.

— Que azar, cara — disse Flávia. — Mas não tem nada a ver. Você não podia reagir, do mesmo jeito que agora também não dava. Aqueles caras, pelo jeito, só fazem isso, são desordeiros profissionais.

— Tá — disse Marcos. — Se eu penso em cada coisa, isoladamente, tem um monte de justificativas para não ter reagido, para fugir. O problema é que, no conjunto, e com a falta de grana, a sensação de que nada tem chance de dar certo fica muito forte. Como se eu não tivesse coragem para enfrentar as coisas...

Flávia ia continuar a argumentar, mas os dois Rodrigos atravessaram a rua. Um deles, o Dias, estava com a camisa rasgada, o outro, o Vargas, tinha uma nítida marca de soco no rosto. Mas vinham rindo, cada um zoando com o outro. Eles viram Marcos e Flávia.

— Ei, vocês já estão aí? — gritou o mais alto, o Dias.

— Pô, meu — comentou o Vargas —, pensei que ninguém tinha conseguido fugir mais rápido que nós...

— Vocês também puxaram o carro? — perguntou Marcos.

— Claro, meu — respondeu o Dias, que já chegava ao estacionamento. — Você acha que dava pra encarar? O Ricardo se atracou com um deles, mas nós...

— Levei umas duas porradas e me mandei. Nunca corri tanto... — disse o Vargas.

— E o Pedro? — perguntou Flávia.

— Ele embolou com aquele babaca das tatuagens, enquanto a Adriana e o irmão dela se mandavam.

— Vamos entrar aí, pra tomar alguma coisa. — Rodrigo Dias, o mais alto dos dois, empurrou a porta da loja.

Eles entraram e foram pegar refrigerantes na máquina. Marcos se encostou num canto, enquanto Flávia pedia detalhes da briga para os dois. Marcos pensou que os dois Rodrigos, animados e risonhos, não estavam nem um pouco preocupados com o fato de terem fugido e deixado os outros amigos na confusão, provavelmente apanhando. Devia haver alguma coisa errada: ou com os dois, ou com ele, Marcos. Logo depois ele viu que Flávia apontava algo na rua. Era Ricardo que vinha pela calçada, olhando para os lados, como que procurando por eles. Um dos Rodrigos correu até a porta e gritou o nome dele, abanando os braços. Ricardo acenou e acelerou o passo. Estava com a camiseta em tiras, manchas vermelhas na pele, marcas no rosto, uma gota de sangue no canto da boca, que ele limpava com a mão, mas ela brotava de novo.

— Puxa, cara, você apanhou pra cacete — comentou Rodrigo, o Vargas.

— Mas bati também — Ricardo se encostou no balcão. — O cara saiu machucado. Só que só eu e o Pedro... não dava pra encarar.

— É que nós... a Flávia e eu... — gaguejou Marcos, tentando achar uma desculpa.

— Nós ficamos foi com cagaço — disse um dos Rodrigos.

— Os caras são profissionais, cacete, não dá pra encarar — disse o outro.

— Eu sei — Ricardo se voltou para Marcos. — Você fez bem, tirando a Flávia de lá. O Pedro e eu é que demos uma de maluco. Mas eu fiquei puto, os caras são muito folgados.

— E o Pedro? — perguntou Flávia.

— Ele também ficou meio machucado — disse Ricardo —, mas nada grave. Ele foi atrás da Adriana e do irmão dela, pra ver se tinham chegado bem em casa.

Ricardo pegou um refrigerante na máquina e se aproximou de Marcos, dando um soquinho de brincadeira em seu peito. Depois passou o braço pelo ombro de Marcos, quase num abraço, e sacudiu-o devagar.

— É isso aí, cara! — O tom de voz de Ricardo revelava amizade, carinho, o contentamento de fazer parte da turma, a satisfação do animal jovem depois do combate, quando o perigo e a adrenalina reforçam os laços do grupo.

O céu já começava a refletir os primeiros traços de luz quando Marcos, finalmente, chegou em frente do prédio onde morava. Acabara voltando a pé, os outros foram se dispersando pelo caminho, Flávia por último, ela morava ali onde a Vila Mariana faz fronteira com o Paraíso. Depois de esperar que ela entrasse no edifício, Marcos desceu a pé para a Brigadeiro Luís Antônio. Uma boa caminhada pelas ruas desertas, o cansaço — agora que a adrenalina já havia sumido — subindo pelas pernas e tomando o corpo.

Tirou a chave do bolso, procurou a do portão. O sono era tanto que encontrar a chave, enfiá-la na porta, já se tornava uma tarefa difícil. Quando conseguiu abri-la, ouviu um carro parar atrás dele. Empurrou a porta, deu um passo para dentro do saguão e voltou-se para olhar, ainda sem largar a porta. Era um carro não muito novo, talvez um Voyage meio castigado. A porta se abriu e dele desceu uma mulher. Marcos reconheceu a vizinha do andar de baixo do seu, que havia visto de relance uma ou duas vezes. Ela era morena, devia ter por volta de trinta anos e não era feia. A primeira coisa que ele notou, através do sono que sentia, foi que ela estava de minissaia, com meias pretas modelando as pernas. A segunda, que ela estava chorando. Ela não se despediu do cara que estava no volante. Bateu a porta do carro e, sempre chorando, veio em direção ao prédio. Marcos tinha ficado parado, segurando a porta, sem saber o que fazer. Ela passou pela porta aberta, resmungou um obrigado para ele, em meio ao choro, e foi

para a escada. Olhando para ela, Marcos largou a porta e apertou o botão que acendia a luz do saguão e da escada. A mola fez com que a porta fechasse lentamente. Enquanto o carro arrancava cantando pneus, ele viu a vizinha começando a subir as escadas. Reparou que as pernas dela eram muito bem-feitas.

7

O sol já entrava pela janela do quarto, desenhando um retângulo amarelo até quase alcançar a cama, quando Marcos acordou. Já devia passar do meio-dia, porque o sol nunca entrava durante a manhã por aquela janela. Ele se sentou na cama, com a cabeça vazia e os músculos doloridos, moído ainda pela noite anterior. Ficou ali, por alguns momentos, com os restos de sono brigando com a fome e com a vontade de ir ao banheiro. Cambaleou até o banheiro e, depois, foi em direção à cozinha. Para chegar lá tinha que atravessar a sala. Quando entrou na sala viu seu irmão lendo jornal encostado à janela. Seu pai não estava.

— Pô, cara, pensei que você não ia acordar mais — brincou Carlos, jogando o jornal em cima da mesa.

— Que horas são? — perguntou Marcos.

— Já passou das duas. — Carlos deu a volta na mesa, abraçou Marcos.

Ele era quase um palmo mais alto, musculoso mas bastante magro. Enquanto Marcos tinha ossatura larga, Carlos era longilíneo. Com vinte anos e um ar sério que lhe parecia conferir mais idade, era extremamente elegante. Qualquer roupa, por mais barata que fosse, parecia ter sido feita sob medida para ele. Estudava publicidade e já trabalhava numa agência. Quando os pais se separaram, tinha escolhido morar com a mãe. Na boa, sem conflito. Dizia que, se ficassem os dois com o pai, a carga ia ser excessiva. Por outro lado, ainda não dava para morar sozinho, o salário ainda era pequeno. Mas dava para quebrar alguns galhos, como pagar a escola de Marcos.

Marcos deu-lhe um soco no ombro, simularam uma luta. Carlos tentou imobilizar o braço do irmão, mas ele girou o corpo e o empurrou. Carlos desabou na poltrona, junto à parede, rindo.

— Ei, cara, você está ficando forte. Já não dá mais para te dominar — brincou.

— Numa luta pra valer, eu acabo com você — respondeu Marcos. — Cadê o pai?

— Saiu. — Carlos ficou sério. — Pegou aquele jornal com os anúncios de emprego que ele marcou e saiu. Como se ele fosse conseguir alguma coisa sábado de manhã.

Marcos sacudiu a cabeça.

— Então você está aqui faz tempo — constatou.

— É — disse Carlos. — Eu queria bater um papo com você e não tive coragem de te acordar. O pai disse que você chegou bem tarde.

— Cheguei quase de manhã — disse Marcos. — Eu estou morrendo de fome, vamos na cozinha. Você já almoçou?

— Eu desci e fui naquele chinês ali na Lorena — respondeu Carlos, levantando-se. — Vamos conversar na cozinha.

Marcos tirou vários pacotes da geladeira, pegou pão no armário e começou a preparar um sanduíche onde conviviam coisas que pareciam não combinar. Carlos olhava, divertido, a engenharia do irmão.

— Que que você queria falar comigo? — Embora não aparentasse, Marcos estava preocupado. Aquela não era uma situação comum, habitual.

— Imagino que você tenha percebido que a barra tá ficando mais pesada, nessas últimas semanas — Carlos observava o irmão terminar a construção do sanduíche, que parecia ter vários andares de altura.

Marcos abriu muito a boca, para abocanhar um pedaço. Respondeu de boca cheia.

— Ôô... — Engoliu um pedaço, mas o resto do bocado ainda lhe atrapalhava a dicção. — Claro que eu notei.

— Pois é. Quando eu falei que ia te pagar a escola e tudo o mais, a gente pensava que em algum tempo, talvez cinco, seis meses, o pai ia conseguir outro emprego. — Carlos baixou os olhos para a mesa. — Já faz quase nove meses.

— Por que é que o pai, com o currículo que ele tem e todos aqueles cursos, não arranja emprego? — perguntou Marcos, preparando-se para dar outra mordida no sanduíche.

— Eu não sei, cara — disse Carlos, sentando numa cadeira em frente a Marcos. — Parece que o mercado anda muito difícil. E tem piorado.

— Mas você já está empregado, mesmo estando ainda na faculdade — argumentou Marcos.

— Tem a ver com a idade, em primeiro lugar — ponderou Carlos. — Tem cada vez menos emprego para quem já passou dos quarenta. Eu acho que eles podem pagar menos para quem está começando, como eu. Além disso, me parece que há mais empregos, assim, em publicidade, marketing, essas coisas, do que numa área técnica como a do pai.

— Mas é injusto, cara, é injusto — Marcos continuava falando de boca cheia. — A vida inteira dele, e a nossa também, dependia desse emprego. Mamãe sempre ganhou muito pouco em relação a ele.

— E continua ganhando pouco. Tanto que eu tenho que ajudá-la a manter o apartamento — Carlos olhou em torno. — Tá certo que é bem melhor que esse aqui... o que me lembra o motivo dessa minha visita...

— Fala aí — disse Marcos, atacando o último pedaço do sanduíche.

— Eu estou precisando gastar cada vez mais com o apartamento — disse Carlos. — O salário da mãe não tá dando mesmo, ela até está ganhando menos.

— E pode diminuir salário? — perguntou Marcos.

— Não, não pode — respondeu Carlos. — Mas é que faz muito tempo que ela recebia um adicional, uma espécie de gratificação de chefia. E ela perdeu o cargo de chefe, entendeu? O salário é o mesmo, mas sem o adicional...

— Ahhnn... — resmungou Marcos, enquanto enchia um copo com leite.

— Aliás, por falar nisso, quanto tempo faz que você não telefona para a mãe? — perguntou Carlos.

— Sei lá, faz um tempo — respondeu Marcos.

— Liga para ela, cara, ela sente falta — insistiu Carlos.

— Tá, eu ligo — Marcos resmungou.

— Voltando ao assunto: a minha grana não tá mais dando. — Carlos estava meio sem jeito. — Talvez eu não consiga pagar o teu colégio até o fim do ano, como a gente tinha combinado...

Marcos estava pegando um vidro de Toddy no armário. Ele voltou para a mesa, se sentou sem dizer nada, sem nem sequer olhar para o irmão. Sentia um gelo subindo pelo estômago, apertando o pescoço. Ficou um tempo parado, olhando para o copo. Levantou os olhos para o irmão.

— Se não dá... né, não dá... mas vai ser uma droga pra mim — disse, hesitante. — Trocar de escola nessa altura do ano... e indo pra escola pública, já pensou? Todo mundo sabe que o nível do ensino na escola pública está bem ruim. Além disso, todo mundo que eu conheço é lá da escola, a minha turma, saca?

— Espera aí, Marcos, vamos com calma. — Carlos tentava organizar seus pensamentos. — Que não vai dar

para eu segurar até o fim do ano, não vai. Mas ainda não é uma sangria desatada. Primeiro, a gente podia tentar conversar na diretoria da escola, pra ver esse negócio de bolsa, desconto... ou de ficar devendo até que...

Deixou a frase em suspenso. Marcos punha Toddy no copo, uma enorme quantidade, quase meio vidro. Carlos, no meio do constrangimento e da preocupação, registrou, divertido, que certos hábitos não mudam. Marcos sempre tomava, desde pequeno, aquele leite com Toddy que mais parecia uma pasta, de tanto pó. Marcos falou, sem olhar para ele.

— Você acha que o pai tem cabeça para ir lá e falar com os caras? — Ele mexia o conteúdo do copo com uma colher. — Você, eu sei que não tem tempo, escola, trabalho...

— Pô, cara, qual é? — A voz de Carlos subiu de tom, ficou mais áspera. — Você não pode começar a se virar sozinho, tem sempre que esperar os outros tomarem a iniciativa? É a tua vida, cara, teu interesse!

Marcos parou de mexer o leite e olhou para Carlos, assustado.

— Você acha que eu posso...

— Claro que você pode! — Carlos se entusiasmava. — Você pode não só ir conversar com o diretor financeiro da tua escola, procurar a assistente social, se existir uma... você pode também fazer várias outras coisas, como, por exemplo, arranjar um trampo para pagar parte da mensalidade. Se você cobrir uma parte, quem sabe consigo completar?

Marcos olhava para o irmão, com a cabeça a mil. O que ele tinha falado parecia óbvio, mas Marcos sentia-se à beira do desconhecido. Era como se um enorme território novo se abrisse, de repente, diante de seus olhos, gerando, ao mesmo tempo, medo e fascinação. Nada era claro, na verdade era como se fosse um espesso nevoeiro. Mas era, ele o sentia, um universo de possibilidades novas. Algo como tomar o próprio destino nas mãos, não depender dos outros. Ele se levantou, andou até o meio da cozinha, voltou-se para o irmão.

— Eu acho que eu posso tentar! Não sei, cara, não sei se vai dar alguma coisa, mas eu posso tentar.

— Legal, cara! — aprovou Carlos. — Você vai conseguir. Alguma coisa, você vai conseguir.

Ainda agitado, Marcos voltou até a mesa, pegou o copo e bebeu, sem respirar, todo o seu conteúdo pastoso.

8

Pedro se voltou para ele, rindo.

— Pera aí, cara! Vai mais devagar! Você chegou, nem deu bom-dia e já despejou uma história de fanzine, até de Internet. Explica de novo.

— Tá — disse Marcos, respirando fundo. — É que eu... bom, meu irmão conversou comigo e eu percebi que eu tenho que me virar, entende?

Pedro deixou de lado o teclado do computador e girou a cadeira, encarando Marcos.

— Saquei. Ele te deu uma dura. — Pedro procurava ser compreensivo com o amigo.

— Cheguei à conclusão que eu tenho que parar de reclamar e descolar algum trampo.

— E aí você pensou em alguma coisa — especulou Pedro. — Deixa eu ver... você pensou em ser balconista do McDonald's ou algo assim...

— Pensei, mas... — Marcos respirou fundo. — Bom, nas férias o Rodrigo trabalhou lá e...

— Sei — disse Pedro —, um dos dois...

— É, o Dias, o mais alto... — Marcos sacudiu a cabeça. — Eu não estou descartando a ideia, mas eles pagam muito pouco. Não dá nem pra cobrir a mensalidade da escola.

— Então... — Pedro esperou.

— Então eu pensei noutras coisas. — Marcos se ajeitou na cadeira. — Por exemplo, esse fanzine que você está planejando. Se a gente arranjasse, sei lá, um patrocínio, alguém que pusesse uma grana...

— Eu já pensei nisso — disse Pedro. — Mas eu tinha pensado em tirar uns números e depois...

— Depois, procurar quem?

— Sei lá, cara. — Pedro hesitava. — Depende. Podia ser uma gravadora, ou até mesmo uma loja de discos. Só que aí tem que ser uma coisa meio especializada. Mais um tipo só de banda, saca?

— Sei. — Marcos pensava. — E se a gente fizer um boneco, um número zero, uma coisa assim, e aí oferecer para alguma loja, para eles patrocinarem?

— Pode ser... — Pedro sorriu. — Pode ser... eu não tinha pensado em fazer isso logo, mas... eu topo. Vai levar um tempo, eu acho... E você tá precisando de grana logo, não é?

— É, mas se demorar um pouco... — Marcos animou-se. — Fazer o quê? Eu seguro essa.

— Tem uma outra coisa — disse Pedro, pensativo. — Eu ouvi você tocando na festa. Você é um puta batera, cara. Você não sabe disso?

— Estou meio enferrujado, mas... acho que eu levo jeito. — Marcos estava curioso. — Por quê?

— Lembra que eu te falei que as bandas que frequentam o estúdio de vez em quando procuram baterista? — Pedro se inclinou para a frente, gesticulando. — Muitas vezes é pra tocar em lugares que pagam, saca?

— Lugares onde a banda leva uma grana? — Marcos tentava entender.

— É. Aí os caras dividem entre quem tocou. — Pedro se entusiasmava. — Não é muito, cara, mas você ganha tocando!

— Legal! Eu topo. — Marcos estava interessado. — Quando a gente fala com eles?

— Hoje mesmo. — Pedro olhou o relógio. — Daqui a pouco eles já devem estar chegando lá. É um pessoal da pesada, bem trash. O nome da banda é Lethal Project, saca? Depois a gente vai lá. Agora me explica aquela ideia de Internet que você falou e eu não entendi nada.

— É o seguinte: sabe o fanzine? — Marcos tentava organizar as ideias.

— Esse que nós vamos fazer? — perguntou Pedro.

— É, esse aí — disse Marcos. — A gente podia fazer uma versão dele na Internet, percebe, aí quem se interessasse, acessava e... sei lá, podia até ter uma coisa mais interativa...

Pedro ficou pensando, olhando para o amigo. Marcos se sentiu meio sem jeito.

— Você acha que é bobagem? — perguntou.

— Não! — disse Pedro. — Não é isso. A ideia é legal... só que... a gente não entende nada de Internet e um negócio desses exige alguma informação mais técnica...

— Pensei que você sacava o suficiente... — Marcos, agora, estava com dúvidas. — Talvez...

— Espera aí, cara. — Pedro cortou. — Pode dar certo, pode chamar atenção e despertar o interesse de muita gente... Mas a gente precisa de ajuda... tem um cara... ele é velho, já, tipo assim a idade do meu pai. Aliás, ele é meio parente, primo em segundo grau da minha mãe, um troço assim. Ele entende pra cacete de computador, de Internet, de Web... e ele é muito gente fina. A gente podia falar com ele.

— Legal — disse Marcos. — Vamos falar com ele. Quando?

— Calma — Pedro sorria. — Eu combino uma hora com ele. Agora vamos é ver o negócio das bandas.

9

Já fazia mais de meia hora que Marcos ensaiava com a banda. Fechados no pequeno estúdio, faziam um som pesado, que parecia quase sólido. Mais do que ouvir, Marcos sentia o ritmo no corpo, a presença maciça da guitarra e do baixo, o grunhido gutural do vocalista que rosnava palavras incompreensíveis que soavam parecidas com inglês. Do lado de fora, olhando pelo vidro, Pedro balançava a cabeça no ritmo que lhe chegava pela caixa de som.

Os outros membros da banda eram mais velhos, entre vinte e vinte e cinco anos. O baixista, gordo, peludo e cheio de tatuagens, já estava sem camisa: fazia calor dentro da salinha acusticamente isolada. O guitarrista usava o cabelo muito comprido, bem abaixo dos ombros, e o vocalista mostrava os músculos cultivados na malhação, também cobertos de tatuagens. Faziam um violento contraste com Marcos, o rosto ainda sem barba e com algumas espinhas, o cabelo curto coberto por um boné voltado ao contrário. Mas, na música, entendiam-se bem, e Marcos se movia no ritmo como se todos fossem uma unidade só.

Quando ele e Pedro chegaram ao estúdio, a banda já estava tocando. Quem tocava a bateria era o baixista — e o técnico de som do estúdio tentava acompanhar no baixo. Eles pararam para receber os dois e, assim que souberam que Marcos tocava, sugeriram que ele os acompanhasse. Bastaram dez minutos de ensaio — e alguns erros — para que Marcos entrasse no jogo deles. Agora parecia que tocavam juntos havia meses.

O guitarista sinalizou que ia parar, Marcos acompanhou.

— Vamos dar um *break*, pessoal — disse o guitarrista. — Tô com sede.

Voltou-se para Marcos.

— Vamo tomar uma cerveja, tem uma geladeira lá dentro.

— Prefiro um refrigerante — disse Marcos. — Ou água.

O outro olhou para ele com um meio sorriso, enquanto Marcos ia para a porta.

— Tá bom, cara, o que você quiser.

— Você toca muito, garoto — comentou o baixista.

O guitarrista, já fora do estúdio, pôs de novo a cabeça para dentro da porta.

— Pelo jeito, a Lethal Project ganhou um baterista — disse.

Saíram do estúdio. Na técnica, Pedro conversava com o técnico de som e com outro rapaz, um negro forte, de cabeça raspada e boné, que aparentava uns dezoito anos. Os três da banda pegaram o corredor e entraram na cozinha. Pedro deu um soco no ombro de Marcos.

— Aí, cara, legal — comentou.

— Pra quem tá começando, você tem uma puta segurança — disse o técnico de som. — Você não hesita, vai junto.

— É isso aí — disse o rapaz negro —, muito bom.

— Deixa eu te apresentar o Jorginho — disse Pedro, indicando o negro. — Mais conhecido como MC Head.

— É isso aí, meu. Head, cabeça, sacou? — disse Jorge, estendendo a mão para Marcos.

— Você faz rap? — perguntou Marcos.

— O Jorge faz parte dum grupo muito bom, o Fator Radical — informou Pedro. — Tinha pensado em trabalhar uma parte do fanzine com eles, entende, essa coisa do movimento, não só as músicas.

Marcos pensou rapidamente nas possibilidades do rap no fanzine. Ele gostava de rap, mas nunca tinha tido maior aproximação com os caras que faziam rap. Podia ser interessante.

— Vamos marcar um papo — disse Marcos. — Podia ser... na quarta-feira, à tarde. Aí a gente conversa.

— Por mim, tá legal — disse Jorge. — Onde?

— Pode ser lá em casa — convidou Pedro. — O Jorge já sabe onde é.

O baixista apareceu na porta da técnica, com uma lata de cerveja na mão.

— Ó, a gente tá a fim de ir tocar naquele barzinho na Vila Madalena. — Dirigiu-se a Marcos. — Tá a fim de ir junto?

Marcos hesitou. No dia seguinte tinha aula, tinha que levantar cedo.

— Não posso voltar muito tarde hoje, entende? Nem avisei o meu pai... Tem algum compromisso de horário?

— Não, cara — disse o outro. — Dessa vez é só uma canja, a gente vai lá e toca e vai embora na hora que quiser. Também não tem grana na jogada, é só pra...

— Então tá — concordou Marcos. — Vamos nessa....

Pensou que era boa política fazer uma média com os novos conhecidos, se entender melhor com eles. Outro dia, quem sabe, podiam ir tocar noutro lugar, podia pintar um cachê. Era bom estar por perto. Pedro se aproximou, dando uma força.

— Legal, caras, eu também vou lá, fico escutando vocês. — Voltou-se para Marcos. — Na volta a gente divide um táxi.

Marcos concordou, aliviado e agradecido ao amigo. Não tinha grana para voltar de táxi. Nem mesmo de ônibus.

10

Passava da uma da manhã quando Marcos entrou na Brigadeiro, rumo ao pequeno prédio. A canja, com a banda, tinha sido ótima. Nunca havia tocado para um público desconhecido. Participou algumas vezes de bandas de amigos seus, tocando na escola, em festinhas onde, de um modo geral, o público era formado pelos colegas, parentes e conhecidos. Hoje tinha sido outra coisa. As pessoas circulavam pelo bar, sem dar muita bola para eles e seus instrumentos, como se fizessem parte do cenário. Começaram a tocar, ele se entrosou perfeitamente na levada dos outros, as pessoas começaram a parar e a olhar. Em pouco tempo estavam todos comprimidos em torno da banda, balançando as cabeças no ritmo pesado. Marcos sentira-se bem, desligado dos problemas, desligado do resto do mundo, totalmente envolvido por aquele som que fluía de suas mãos e se refletia no rosto das pessoas, como uma celebração, um momento de identidade, de reconhecimento. Ali não tinha importância se ele estava sem dinheiro e seu pai sem emprego, se seus amigos eram ricos — e isso, geralmente, doía —, se outros caras da banda vinham sabe-se lá de onde. O que importava era a identificação na batida, a integração de todos naquela massa sonora que avançava pela noite.

Lá pelas tantas apareceram uns sanduíches, cervejas e refrigerantes, dados pelo gerente do bar, entusiasmado com o afluxo de público. Perto da meia-noite já tinha uma pequena multidão na frente do bar, espalhando-se pela calçada e pela rua. Marcos estava tão tomado pela situação toda que chegou a se surpreender quando Pedro pediu um tempo para a banda e disse que estava na hora de irem. Marcos não pôde deixar de manifestar certa contrariedade, embora soubesse que o amigo estava certo. Os outros caras da banda também resolveram parar, sob os protestos do público. O gerente do bar veio cumprimentá-los e convidá-los para tocar de novo. O vocalista piscou para Marcos e disse ao gerente que depois conversavam. Na saída, ao se despedir de Marcos, ele disse que era possível que dali em breve pintasse uma grana. Depois Marcos foi de táxi até a casa de Pedro. Despediu-se do amigo e voltou a pé para casa.

O portão de ferro, o saguão continuavam tão deprimentes quanto sempre haviam sido. Mas Marcos estava com outra disposição, confiante que as coisas iriam entrar nos eixos e, sobretudo, acreditando que o caminho estava aberto para uma boa aventura. Podia logo se desentender com a banda: na verdade pouco tinha em comum com eles. Mas, enquanto rolasse, a experiência ia ser ótima, tinha certeza. Começou a subir as escadas. Antes de chegar no segundo andar, ouviu ruídos de alguém resmungando e mexendo numa porta. Subiu os últimos degraus procurando não fazer ruído e olhou com cuidado para o corredor. Era a vizinha, a morena de pernas bonitas, que não conseguia abrir a porta e resmungava consigo mesma. Marcos entrou no corredor: tinha mesmo que passar por ele para seguir subindo a escada. Ela olhou para ele, com a chave na mão.

— Oi — disse ela. — Você que mora aí em cima, né?

A voz estava um pouco pastosa, mole. Ela devia ter bebido um pouco.

— Oi — disse Marcos. — É. Eu moro aí em cima.

Ela se aproximou dele, estendendo a chave da porta. No andar, no gesto, havia uma certa rigidez, de quem se esforça para fazer os gestos certos e não demonstrar que está meio tonto.

— Eu não consigo abrir a porta do meu apartamento — disse ela, com um meio sorriso. — Não sei o que houve, a chave não entra. Você não podia tentar?

Marcos hesitou por um momento.

— Claro, claro. — Pegou a chave da mão dela, sentindo o contato da pele quente. — Deixa que eu posso tentar.

Foi até a porta e tentou pôr a chave na fechadura. De fato, ela não entrou. A vizinha tinha se aproximado, tentando olhar o que fazia. Ele sentiu o contato, o perfume forte, o cheiro espesso de mulher, o hálito temperado com um pouco de álcool. A garganta se apertou, ele sentiu uma onda de tesão subindo pelo corpo, amolecendo seus músculos, e, ao mesmo tempo, uma ponta de medo. Engoliu em seco, examinou a chave. Ela estava torcida, como se alguém tivesse enfiado na fechadura apenas a sua ponta e tentado girar. Voltou-se para a vizinha.

— Ó, a chave não entra porque está meio torta — disse.

— Não dá pra desentortar? — perguntou ela, mantendo o rosto bem perto do de Marcos.

— Posso tentar — ele quase gaguejou, o medo aumentando e ficando quase igual ao tesão.

Ele enfiou a ponta da chave na fechadura e tentou, com cuidado, torcê-la para o outro lado. A vizinha se aproximou mais ainda. A chave cedeu. Com cuidado, procurando a melhor posição, Marcos conseguiu empurrar a chave para dentro da fechadura. Depois de

duas ou três tentativas, ela girou, e a porta, com um rangido, se abriu. Marcos sentiu-se infantilmente satisfeito por ter conseguido abrir a porta. Com um movimento rápido, tirou a chave da fechadura e se voltou para a vizinha, que estava quase colada a ele.

— Ó, consegui! — disse, segurando a chave perto do rosto.

— Estou vendo — respondeu a vizinha, pegando e afastando a mão que segurava a chave. — Você merece um beijo, garoto.

Para ela, bastou aproximar um pouco mais o rosto, já quase colado ao de Marcos. O beijo na boca pegou-o de surpresa. Antes de poder pensar, antes mesmo de se dar conta do que acontecia, Marcos sentiu um desejo intenso, incontrolável, tomar conta dele. Com o braço livre puxou a moça contra seu corpo, transformando o beijo num abraço violento, as barrigas coladas, sua perna entre as dela. O desejo chegava a ser doloroso e, por um curto tempo, dominou tudo. Mesmo percebendo que ela colaborava intensamente, Marcos teve um momento de dúvida e o medo e a hesitação se misturaram ao desejo. Ele afrouxou o abraço, recuou a cabeça. Os olhos da vizinha estavam semicerrados e à sua expressão de desejo se misturou um pouco de ironia.

— Oi — disse ela —, meu nome é Bete. Muito prazer.

Marcos se atrapalhou, afastou-se dela, pigarreando, o coração disparado numa mistura de sensações contraditórias. Sentia, ao mesmo tempo e com a mesma intensidade, vontade de agarrá-la com selvageria e vontade de fugir dali, se esconder em seu quarto.

— Bom... oi... desculpa, eu... — gaguejou. — Meu nome é Marcos e eu acho melhor que...

— Para com isso, Marcos — disse ela. — Entra aqui, não precisa ter medo que ninguém vai te comer. Quer dizer...

Ela deu uma risada, divertida com o duplo sentido. Puxou Marcos pela mão, a mesma que ainda segurava a chave. Ele entrou, ficou parado perto da porta. Ela o largou, fechou a porta e se encostou nela, bateu a mão no interruptor, acendendo a luz, ficou olhando para Marcos, como que o avaliando. Ele ficou constrangido, mas não pôde deixar de reparar na miniblusa que deixava o umbigo de fora, na saia preta muito curta imitando couro, nas meias também pretas. O cabelo liso e escuro, agora bastante despenteado, escondia parte do rosto. O que dava para ver era atraente, embora a expressão irônica, divertida, contribuísse para aumentar a timidez de Marcos.

— Vamos pro quarto? — disse ela.

Marcos ficou parado, sem saber o que fazer. Ela deu um passo na direção dele, quase colando o corpo no de Marcos. Falou, a boca muito perto da dele.

— Lá a gente pode ficar mais à vontade — o sorriso dela aumentou. — E não se preocupe, eu tenho camisinha para você usar...

Tudo isso e mais o cheiro forte de mulher adulta, de sexo e um pouco de álcool, faziam com que ele, involuntariamente, a comparasse com as garotas que conhecia e com quem saía. E se sentia mergulhando num outro mundo, em alguma coisa desconhecida, vagamente assustadora, ainda que enormemente atraente. Num canto escondido de seu cérebro, alguma coisa registrava a comovente vulgaridade de Bete. Nada que interferisse na confusão de sentimentos que o mantinha ali, parado, olhando para ela, sem conseguir decidir o que fazer. Ela se aproximou mais e o abraçou. A timidez, o medo e todas as dúvidas o abandonaram. Ele a abraçou, procurou-lhe a boca e a beijou com violência.

II

Mais tarde, quando o coração já retomava seu ritmo normal, ele levantou a cabeça daquele emaranhado de cabelos e travesseiros, e olhou para ela. De olhos fechados, Bete respirava compassadamente, o rosto sereno. Ele se moveu na cama, afastando-se um pouco. A luz do quarto estava apagada, mas a luminosidade da noite paulistana entrava pela janela aberta. Dava para ver o corpo de Bete, nu sobre a cama, os seios pequenos, os quadris largos, as pernas bem-feitas. Marcos sentiu o desejo voltando. Com o movimento que fez, Bete despertou, sorriu para ele e se virou para pegar um cigarro no criado-mudo. Afastou o envelope rasgado de preservativos, que estava sobre o maço de cigarros. Acendeu o cigarro, deu uma tragada e olhou para Marcos.

— Quer um? — ofereceu.

— Obrigado, eu não fumo. — Ele começava a se sentir, novamente, constrangido.

Ela ficou olhando para ele, sorrindo em meio à fumaça azulada.

— Foi tua primeira vez, não foi? — perguntou.

O constrangimento cresceu, um calor na face, uma bola na garganta. Não era por causa da pergunta. Pelo menos não diretamente. Era mais uma sensação de que não devia estar ali, naquela cama, com aquela mulher. Uma sensação de inadequação, de estar no lugar errado, com a pessoa errada. Por quê, não fazia a mínima ideia. Bete era uma mulher adulta, carinhosa, com um belo corpo, e parecia gostar de estar na cama com ele. Mas a sensação persistia. Nem mesmo a consciência de que, afinal, tinha feito sexo, tinha ido até o fim com uma mulher e era, agora, nesse sentido, um homem, nada disso disfarçava a incômoda sensação de deslocamento. Respondeu a pergunta com outra, na defensiva.

— Por quê? Foi tão ruim assim? — Um sorriso amarelo, tentando aparentar naturalidade.

— Não, Marcos, foi muito gostoso. Talvez você tenha sido um pouquinho apressado...

— Bom, é que... sabe, é tarde, eu tô cansado... — Surpreendeu-se tentando inventar desculpas, baixou os olhos. — É, é minha primeira vez...

— Dá pra notar — disse Bete, o sorriso agora triste. — Acho que eu nunca tinha ido para a cama com alguém virgem...

Um silêncio incômodo, constrangedor, desceu entre eles. Pela primeira vez, do fundo da insegurança de Marcos surgiu a pergunta: por que ela fora para a cama com ele? Afinal, era apenas um garoto de quinze anos e ela... bem, independentemente de qualquer juízo de valor, ela era uma mulher adulta e livre, que não precisava de meninos, pensou Marcos. Não conseguia ver a si mesmo como um cara atraente e irresistível para mulheres mais velhas. Na verdade, sentia que a cara de criança, o corpo forte mas desajeitado, nada contribuía para atrair as mulheres, nem mesmo as de sua idade, como Priscila. Como um choque: o olhar pousado no corpo nu de Bete, um corpo cheio de curvas, obviamente sensual, agressivamente sensual. Parecia que Priscila pertencia a alguma outra espécie, algo muito diferente da mulher que tinha diante de si. Sabia que essa dualidade era idiota, que não era verdade, mas a sensação era mais forte. Bete levou o cigarro à boca e deu uma tragada, sem soltá-lo. A brasa brilhante iluminou seus dedos e Marcos reparou que eles eram fortes, grosseiros, com unhas longas pintadas de vermelho-vivo. A sensação de estranhamento se intensificou.

— E por que você... ahn... — Marcos não sabia como formular a pergunta — ...enfim, resolveu... comigo?

Ela ficou olhando, séria, para ele. Dava impressão que o efeito da bebida já tinha passado, não havia ironia nem brincadeira no seu olhar. Ela sacudiu a cabeça.

— Olha, Marcos... Não vou esconder que a oportunidade da gente se encontrar a essa hora, aqui na porta... — Ela pensou um pouco. — Eu já tinha te visto várias vezes e bem que eu te achava, assim, um garotão atraente. Mas hoje, cara, hoje eu estava precisando de alguém aqui comigo. Senão...

Ele se sentiu um pouco assustado. Ali havia algo além de uma mulher com vontade de ir para a cama com um garoto. As águas eram mais escuras e mais profundas do que pareciam.

Ela continuou:

— Ontem... não, anteontem... sei lá, parece que faz tanto tempo... eu te vi, de madrugada, aí no saguão...

— Eu sei — disse Marcos. — Você entrou chorando no prédio. Pensei que nem tinha reparado que havia alguém lá...

— Mas eu te vi... — O sorriso dela era triste. — Eu aprendi que a gente tem que reparar onde está e qual é a situação, mesmo quando o desespero é maior que tudo... Eu estava chorando porque aquele cara do carro, que me deixou na porta, aquele cara é... era meu homem... há mais de cinco anos.

Ela parou. Marcos via, na penumbra, as emoções que passavam pelos olhos dela. Raiva, angústia, desespero. Ela baixou os olhos.

— Ele simplesmente me dispensou, acabou, me mandou embora. — A voz de Bete ficava mais dura.

— Mas, por quê? Vocês não viviam juntos, não é? — Marcos percebeu que a pergunta era idiota no mesmo momento em que a fez.

— Claro que não. Ele é casado, entende? Eu sabia que ele não ia largar a mulher. Mas eu gostava muito dele e... tem outras coisas.

— O que mais? — perguntou Marcos.

— É ele que paga esse apartamento aqui — disse Bete. — Eu sou gerente de um salão de beleza que tem aqui perto, ali na Pamplona. O que eu ganho não dava para eu vir morar perto do trabalho.

— Onde você morava? — perguntou Marcos.

— Em Itaquera, na casa da minha mãe — disse Bete. — Mas lá é muito longe. Só pra vir e voltar do trabalho de ônibus...

A compreensão do que acontecia bateu em Marcos como um choque. Talvez Bete gostasse de seu amante. Talvez. Mas a raiz de seu desespero era a ideia de voltar para Itaquera, de perder aquele apartamento naquele prédio que ele, Marcos, abominava. Percebeu que aquele saguão sombrio, aquelas escadas geladas, o próprio apartamento encardido e com janelas dando para os telhados sujos da vizinhança, tudo aquilo que ele achava deprimente e feio, para ela era quase um palácio. O que para ele era signo de um fracasso, para Bete aparecia como a concretização de suas conquistas, o caminho do sucesso. Por isso voltar atrás era tão angustiante para ela. Sem entender muito bem por quê, a confusão de sentimentos que o dominava se fundiu numa sensação de ternura por Bete, por essa desconhecida que parecia, de repente, vulnerável, indefesa. Sentiu uma vontade irracional de fazer algo por ela, embora soubesse perfeitamente que não estava conseguindo fazer nada nem por si mesmo. Mas a sensação fez com que ele se aproximasse de Bete e a abraçasse ternamente. Ele a beijou, ela correspondeu. Marcos percebeu quando ela esticou o braço para deixar o cigarro no cinzeiro. Em seguida, ela o abraçou com força e enroscou as pernas em torno dele.

Muito tempo depois, ele se sentiu escorregar para o sono, a cabeça apoiada no ombro dela. A última coisa que viu antes de dormir foi o seio dela, muito perto de seus olhos.

12

Marcos acordou, olhou em torno, tentando se lembrar onde estava. Preocupou-se: acabara dormindo, abraçado com Bete. Só acordou quando a luz bateu em seus olhos, pela janela aberta. Olhou o relógio, já passava das seis horas, tinha que ir para a escola. Pensou rápido: "Tomara que meu pai não tenha acordado, ele anda acordando tarde, nunca antes de nove". Pulou da cama, pegou as roupas espalhadas, começou a se vestir. Bete se mexeu na cama e ele a olhou. A luz batia em apenas uma parte da cama, criando sombras e contornos em seu corpo nu. Ele sentiu, novamente, o desejo crescendo. Mas se controlou: precisava ir para a escola. Puxou, com delicadeza, o lençol sobre o corpo dela, encostou a janela, mergulhando o quarto na penumbra. Terminou de se vestir e subiu para o andar em que ficava seu apartamento. O vidro empoeirado da janelinha da escada já deixava passar a luz do amanhecer.

Abriu a porta de seu apartamento. A luz do sol ainda não entrava diretamente na sala, mas batia no prédio em frente e se refletia, mais difusa. Viu, na contraluz, seu pai, em pé, ao lado da mesa, de costas para a janela, olhando para ele. Não conseguia ver sua expressão, por causa da luz, mas o corpo estava crispado. Marcos percebeu a tempestade se formando.

— Isso são horas de chegar em casa, Marcos!

A voz vinha cansada, carregada de mágoa e irritação. Marcos preferia que ele tivesse, logo, gritado.

— Sabe, pai, é que... — Ele tentou conciliar, mas gaguejava. Tinha sido pego de surpresa e não tinha nenhuma história para contar.

— Acordei às quatro e vi que você ainda não tinha chegado. — O relato vinha em voz baixa, meio enrouquecida pela raiva, pela tentativa de se controlar. —

Não consegui mais dormir, esperando que você chegasse, ou pelo menos telefonasse.

Marcos baixou a cabeça, pensando furiosamente. Não queria falar de Bete. Não sabia muito bem por quê. Talvez porque fosse uma coisa pessoal, íntima, e ele se sentisse mal em ficar se expondo. Além do mais ela estava muito perto, ali embaixo, seu pai iria cruzar com ela no saguão... não, era melhor inventar outra coisa.

— Já te falei um montão de vezes — seu pai continuava a bronca —, pelo menos avisa, telefona. Se você diz que vai chegar às quatro, às cinco, tudo bem. Mas, em dia de escola, em dia que você nunca chega depois da uma, você só me aparece com o dia raiando!

A voz ia subindo, se alterando, como uma caldeira ganhando pressão. Marcos tentou intervir.

— Desculpa, pai, é que eu fui tocar com uma banda...

— Banda, coisa nenhuma. Até de manhã, cara! — Agora ele estava quase gritando. — Você quer que eu acredite nisso? Só se vocês estavam com a cara cheia de drogas. Além do mais é mentira. Eu já estava achando que tinha acontecido alguma coisa e liguei para a casa do Pedro. Ele acordou e disse que o senhor tinha vindo pra casa lá pela uma hora! E, então, onde o senhor se meteu?

Marcos não acreditou que ele tivesse ligado, de madrugada, para a casa de Pedro. Começou a ficar, também, irritado.

— Puxa, pai, como que você foi ligar pra lá de madrugada? Que coisa mais sem sentido!

— Sem sentido é você me deixar plantado aqui feito um idiota! — Ele se aproximou de Marcos. — Você não foi criado para ficar a noite inteira vagabundeando. E me deixando em pânico, achando que você já estava na cadeia, em algum hospital ou no necrotério! Diante disso, acordar teu colega não é nada. E eu vou ligar para ele ou para qualquer outro, todas as vezes que isso acontecer!

Marcos se sentia acuado, sem saber o que fazer. Um sentimento de estar sendo injustiçado crescia. Tudo bem, tinha chegado fora de hora, sem avisar. Mas não era motivo para uma explosão daquelas. Seu pai não era, de hábito, autoritário. Na verdade, nos últimos meses, ele parecia cada vez mais ausente, como se não ligasse. E agora, isso.

— Que droga, pai — disse, sem levantar a voz. — Eu não tomei droga nenhuma, nem mesmo bebi. Estou aqui, vivo, inteiro e limpo. Não faz drama.

— E você ainda responde deste jeito! — A voz subia, alterada. — Você sabe que a gente está fazendo um enorme sacrifício para te manter na escola, teu irmão e eu. Não é para você virar um vagabundo qualquer, que não se preocupa com os outros, que joga fora as oportunidades!

Marcos sentiu a raiva e a frustração transbordarem. Como se a reserva, o cuidado que costumava ter nas conversas com seu pai se rompessem.

— Qual é, pai! — A voz se alterou, ríspida. — Tá preocupado que eu me transforme num fracasso, num perdedor, como você? É isso?

Marcos percebeu que o pai acusou o golpe, quase que como uma coisa física, um soco no estômago. Ele recuou um pouco, deixando os ombros caírem. Marcos não conseguiu parar.

— Você fica aí, dias e dias sem fazer nada, a gente vive sem grana, sem um tostão para qualquer coisa! Como você vem me falar de sacrifício! Você já queimou toda a indenização, está quase vivendo de favor e fazendo que eu dependa do Carlos para estudar... e vem me acusar de vagabundo! Eu estou me virando, tá sabendo? Você é que é um perdedor!

Marcos viu seu pai recuar, diminuindo de estatura, como se a acusação lhe empurrasse os ombros para baixo. Ele se apoiou na mesa, encontrou a cadeira e se deixou cair, sentado, sem dizer nada, olhando para

Marcos. A contraluz não permitia que Marcos visse seu rosto com clareza, mas talvez houvesse uma lágrima se formando.

Marcos ficou parado por um momento, olhando para ele. Um silêncio espesso se abateu entre os dois. Marcos oscilava entre a raiva e um sentimento estranho, algo como pena de seu pai. Ambos os sentimentos eram desagradáveis. Com um movimento brusco, Marcos se afastou, foi pisando duro para seu quarto, bateu a porta com estrondo. Sentou na cama e enfiou o rosto nas mãos.

13

Marcos bateu na porta do escritório da assistente social.

— Pode entrar. — A voz era aguda, um pouco pedante, anasalada.

Ele empurrou a porta, entrou. A assistente social estava sentada à mesa, papéis numa das mãos, caneta na outra. Ela olhou para ele, com um sorriso automático e frio, e se levantou, tirando os óculos. Estendeu-lhe a mão.

— Bom dia, meu nome é Margarida — disse.

Marcos apertou-lhe a mão e respondeu ao bom-dia. Sentou-se. A assistente social era magra, seca, tinha uns quarenta e cinco anos e seu jeito de falar era tão anguloso quanto seu corpo. Enquanto ela se sentava, Marcos relanceou o olhar pela sala. Era, como todas do colégio, em concreto aparente, só uma das paredes pintada de azul, um mínimo de móveis, decoração espartana, fria e utilitária. Como o colégio, uma construção moderna, eficiente, impessoal. Marcos tinha ido à secretaria perguntar sobre a possibilidade de bolsa ou de desconto na mensalidade. Timidamente e um pouco atrapalhado, tentara explicar sua situação. A funcionária disse-lhe que devia falar com a assistente social e que tentaria marcar um horário com ela. No intervalo da terceira aula, tinha sido chamado.

— Bem.... Marcos... — Ela olhou seu nome numa anotação. — Você parece estar tendo dificuldades com a mensalidade... é isso?

Ela levantou os olhos, fixando Marcos com um sorriso inexpressivo. Ele se sentia inseguro, com vontade de estar a quilômetros dali. Fez um esforço para concatenar as ideias e falar. Não conseguia olhar nos olhos dela, onde os óculos de aro fino acentuavam o ar inquisitorial.

— Bom... sabe... faz mais de um ano que meu pai perdeu o emprego — disse, mastigando as palavras. — Aí, desde que a indenização dele acabou, quem vinha pagando minha mensalidade era meu irmão, mas agora não está mais dando...

— E você não quer mudar de escola? — perguntou Margarida.

— É... não quero. Eu estou aqui desde... desde sempre. — Marcos se atrapalhou. — Quer dizer, desde a primeira série do primeiro grau.

— Sei... — ela pensava. — Como é essa história de seu pai, quais as chances dele conseguir um novo emprego?

Marcos sentiu-se terrivelmente constrangido. Falar de seu pai depois do episódio de mais cedo parecia-lhe inadequado. Como se fosse uma deslealdade, uma continuação da briga através de um recurso desonesto. Olhou para o chão.

— É que... bom... ele era executivo duma empresa grande, uma multinacional. — Ele ainda hesitava. — Ele trabalhava lá há uns vinte anos. Mas, há um ano e meio, eles começaram a cortar pessoal e... ele foi posto na rua. Aí... é, aí ele ficou mandando currículo para todo lado, falando com conhecidos... mas não adiantou, não conseguiu nada até agora. E, sei lá, pelo jeito não arranja mais nada. Ele já está até meio desanimado...

Ela anotava numa folha. Sem levantar a cabeça, perguntou:

— E sua mãe?

— Ela tem um emprego, ela é funcionária pública. Mas, desde que o meu pai perdeu o emprego, eles começaram a brigar, acabaram se separando. Hoje ela mora com meu irmão. Ela diz que tem que sustentar sozinha o apartamento onde eles moram, meu irmão ajuda um pouco, mas não dá para pagar minha escola.

A assistente social escreveu alguma coisa, olhou para ele.

— Mas o teu pai deve ter ganho uma boa indenização, vinte anos de casa. — O rosto dela se humanizou um pouco. — Desculpa perguntar... mas o que ele fez com o dinheiro?

— Gastou — disse Marcos. — Ele achava que ia logo conseguir outro emprego, e nós continuamos, por uns seis meses, a viver do mesmo jeito que antes. Aí o dinheiro foi acabando e... ele vendeu os dois carros e depois que... eles se separaram, aí nós tivemos que mudar para um apartamento menor. Ele alugou o apartamento em que morávamos e esse é o único dinheiro que entra...

— Sei — disse Margarida, secamente —, acho que dá para ver o quadro.

Ela continuou escrevendo coisas. Marcos sentia-se cada vez pior. Já não queria mais bolsa, nem desconto, nem coisa nenhuma. Queria era sair dali, ir para algum lugar onde se sentisse menos exposto, menos despido. Remexeu-se na cadeira. Ela levantou os olhos do papel, forçou um sorriso. Marcos sentiu um arrepio gelado na espinha.

— Olha, Marcos — disse Margarida, dando uma olhadinha no papel para confirmar o nome —, o colégio não está mais dando bolsa integral para ninguém. No seu caso, acho que dá para estudar um desconto. Você leva este formulário e preenche, ou pede para o teu pai preencher... ele tem mesmo que assinar, como responsável.

Marcos pegou o papel e ficou pensando em como poderia, nas circunstâncias atuais, pedir para seu pai preencher o formulário. Mas Margarida ainda não tinha terminado.

— Depois, quando você trouxer o formulário, traga também alguns documentos que estão relacionados aqui, como xerox da última declaração de imposto de renda dele. Aí, com todos os documentos em ordem, eu vou encaminhar seu pedido para o conselho da escola. Eles é que vão decidir se você vai ter desconto na mensalidade e qual o percentual desse desconto. Agora você volta para sua aula e entregue os papéis na secretaria o mais rápido possível.

Ela se levantou, encerrando a reunião. Meio entorpecido, Marcos se levantou também, apertou a mão que ela havia lhe estendido e saiu. Sentia-se mal, achava que tudo aquilo ia dar errado e que ele teria de ir para a escola pública. Mas estava aliviado por sair dali. Desceu as escadas saltando os degraus de dois em dois, indo para o pátio. Surpreendeu-se: o intervalo ainda não havia terminado e ele tinha a impressão de a reunião ter durado horas. Viu Flávia comendo um sanduíche sentada num banco, do outro lado do pátio. Atravessou o pátio e deixou-se cair pesadamente ao lado dela.

— Oi — disse Marcos.

— Oi — disse Flávia, ainda mastigando o sanduíche —, você parece péssimo.

— Eu estou péssimo — confirmou Marcos. — Acabei tendo uma briga feia com meu pai, hoje de manhã, falei coisas que não devia. E agora, essa entrevista para tentar uma bolsa, que coisa... me senti muito mal.

— Por quê? — Flávia se interessava.

— Sei lá! Parece um inquérito, você tem que contar um monte de coisa, para justificar. Parece que você fez alguma coisa de errado, entende? E tem que explicar, para ser perdoado.

— Tão ruim assim? — Flávia engoliu o último pedaço do sanduíche, pegou uma lata de guaraná a seu lado. — Quer um gole?

— Até quero — aceitou Marcos. — Fiquei com uma sede.

Pegou a lata, deu um gole, devolveu-a para Flávia.

— E com teu pai? — perguntou ela. — Foi mal?

— Foi uma droga. — Marcos começava a relaxar. Era bom ter uma amiga para desabafar. — Sabe... eu cheguei tarde em casa... quer dizer, eu cheguei de manhã, já era dia, e meu pai me deu uma bronca.

— Normal — disse Flávia.

— É que eu, sei lá, eu estava meio... — Marcos não conseguia definir seus sentimentos. — Eu não consegui engolir, respondi, a coisa esquentou e eu acabei chamando meu pai de perdedor, de fracassado...

Ele se sentia mal com a lembrança.

— Você pegou pesado — ponderou Flávia. — Ele deve ter ficado uma vara.

— Aí é que está — disse Marcos. — Eu acho que o que mais me incomodou foi que, quando eu falei isso, ele se encolheu, como se levasse uma porrada. Acho que magoei ele de verdade.

Os olhos de Marcos estavam cheios d'água. Flávia pegou na sua mão, querendo consolar.

— Cara, isso acontece — disse ela. — Algum dia você ia estourar com essa história. Faz tempo que eu venho reparando que você está cada vez mais insatisfeito com a falta de grana, com a dificuldade de fazer as coisas.

— Eu dou tanta bandeira, é? — perguntou Marcos.

— Na verdade, não, você até que é bem discreto. — Flávia sorriu, um pouco sem jeito. — Eu é que... digamos, presto um pouco de atenção em você.

— Verdade? — Marcos se admirou, sem se dar conta de que, no fundo de seu cérebro, um alarme começava a tocar. Olhou para ela, intrigado.

— Ah... é — ela desconversou. — Mas chegar com dia claro em dia de aula... ele até estava com alguma razão. Que foi que você andou fazendo?

Marcos não pensou muito. Flávia era sua amiga, nunca tinha tido reservas com ela.

— Para falar a verdade... — Hesitou um momento. — Eu acabei passando a noite com uma mulher...

Sentiu Flávia enrijecer o corpo e tirar a mão da dele. Percebeu que tinha dado a resposta errada, mas agora já tinha falado e não dava mais para consertar. Flávia não era nem um pouco ingênua. Inventar qualquer coisa ia ser muito pior. Ela semicerrou os olhos.

— Mulher? Que mulher? — A pergunta era contida, mas ácida.

— Bom... a Bete... — Marcos concluiu que era melhor não enrolar. — É uma vizinha, mora no mesmo prédio, no andar de baixo. Ela é cabeleireira, gerente de um salão. Eu nunca tinha reparado muito nela, aí ontem eu ia chegando de madrugada e a chave dela tinha emperrado...

— Chave emperrada? — A voz de Flávia estava mais ácida. — Como assim?

— Quer dizer, ela tava meio bêbada e entortou a chave. — Marcos ficava cada vez menos à vontade. — Aí ela me pediu ajuda, eu ajudei e ela me convidou para entrar...

— E aí você dormiu com ela? — disse Flávia, mantendo a voz sob controle com alguma dificuldade. — Tão simples assim?

Marcos procurava se lembrar do encantamento e da excitação que sentira, da coisa meio onírica que tinha sido essa sua primeira vez, mas a acidez contida de Flávia fazia tudo lhe parecer pequeno, banal.

— É. Foi assim — disse. — Ela... ela estava solitária, meio desesperada... e aí...

— E aí, seu Marcos — a voz de Flávia agora estava decididamente fria, agressiva —, aí você está apaixonado pela Priscila, fica nas festas com as gêmeas, com qualquer uma das duas, e de madrugada vai transar com a cabeleireirazinha do andar de baixo. É isso aí?

— Pera aí, Flávia. — Marcos estava decididamente atrapalhado. — É que rolou...

— E nos intervalos fica mendigando a solidariedade das amigas porque agora está pobre e não pode mais pagar isso ou aquilo. — Flávia sacudiu a cabeça.

— Agora você está me agredindo — Marcos falou baixo, sem firmeza.

Flávia se levantou, olhou para ele com raiva, os olhos marejados de lágrimas. Parecia que ia dizer mais alguma coisa, mas só sacudiu a cabeça outra vez, deu--lhe as costas e atravessou o pátio pisando duro.

Marcos ficou olhando a amiga atravessar o pátio, pensando por que tinha desencadeado aquela reação. Pela primeira vez, e sem formular completamente a ideia, pensou que ela talvez o considerasse um pouco mais do que um bom amigo.

14

As ruas da Aclimação, ali perto do parque, eram sinuosas e calmas. Poucos carros circulavam, enquanto Marcos e Pedro iam caminhando, passando em frente das casas de classe média que dão a característica do bairro. Eles estavam procurando a casa do parente de Pedro que entendia de Internet.

— O nome dele é Eduardo, mas todo mundo o conhece como o Velho — tinha dito Pedro.

— Por que "Velho"? — perguntara Marcos.

— Você vai entender quando o encontrarmos — respondera Pedro.

O diálogo tinha acontecido algumas horas atrás, ainda na casa de Pedro. Eles se preparavam para sair: depois de uma semana, os planos para o fanzine eletrônico já estavam adiantados, Pedro já havia montado algumas páginas na tela do computador. Estava na hora de falar com quem entendia do assunto. Enquanto esperava Pedro se aprontar, Marcos brincava com um game no computador. Continuava deprimido, com a sensação de fazer tudo errado. Já havia alguns dias que seu pai e Flávia o tratavam friamente. Flávia evitava encontrar com ele. Na escola, ela dava um jeito de

entrar antes, sair depois e estar sempre com uma roda de pessoas que o excluía. Ele tinha vontade de procurá-la, esclarecer as coisas. Mas intuía que só ia conseguir piorar tudo. Primeiro, porque ainda não conseguia entender qual era a raiz do problema. Segundo, porque a única coisa que havia ficado clara é que ela reprovava seu caso com Bete. E com relação a isso, ele não sabia bem o que fazer. Continuava extremamente atraído por Bete. Ainda na véspera ficara, no final da tarde, fazendo hora na padaria da esquina, esperando que ela passasse, de volta do trabalho. Em seguida, voltou para o prédio e bateu no apartamento dela. Ela o recebeu, um pouco apressada. Disse-lhe que precisava sair, ir até a casa da mãe em Itaquera. Ele percebeu uma hesitação, desconfiou que não era verdade. Mesmo assim foram para a cama. Não mais que quinze minutos, praticamente sem conversar, sem trocar palavras, apenas a linguagem dos corpos. Marcos voltou para casa satisfeito, mas cada vez mais cheio de dúvidas.

Seu pai continuava a tratá-lo com frieza. Não voltara a falar na discussão. Na verdade, não tinha voltado a falar nada com ele. Seus contatos domésticos resumiam-se a grunhidos pouco claros. Marcos havia contado do pedido de desconto, mostrado os papéis que a assistente social dera, informado dos documentos necessários. Seu pai pegara os papéis, concordando com a cabeça, resmungando sem olhar para ele. Ele tinha tido vontade de pedir desculpas, mas a atitude ressentida do outro o afastava, como uma parede que baixava entre eles. Mas havia visto, à noite, seu pai preenchendo o formulário.

Afinal, Pedro se aprontou e os dois desceram. Na rua, enquanto caminhavam para o ponto do ônibus, Marcos viu Bete, que passava pela outra calçada. Ela acenou para ele. Marcos respondeu, sem muito entusiasmo. Pedro seguiu Bete com o olhar.

— Quem é? — perguntou Pedro.

Marcos, pouco à vontade com o amigo, contou o que estava rolando entre ele e Bete.

— Pô, meu, e você não tava me contando nada! — Pedro se divertia, tentava ainda ver Bete que, ao longe, entrava na outra rua.

— Ah, é que... — Marcos desconversou.

— Ela é até bem gostosa. Pelo menos, de longe — avaliou Pedro. — Mas ela tem um jeitinho... hum... vulgar, assim... tipo quem gosta de pagode.

Ele continuou a falar de Bete e Marcos, com certa contrariedade, percebeu a carga de preconceitos que aflorava na avaliação de Pedro. E, o que é pior, notou que ele mesmo já tinha pensado aquilo tudo, que ele também carregava aquela visão depreciativa. Isso lhe fazia mal, mas ele não conseguia resolver.

Agora, depois do ônibus e de andar algum tempo, eles estavam em frente a uma casa de dois andares, modesta para os padrões da Aclimação, mas em cujo teto se destacava uma grande antena parabólica. Marcos havia notado que muitas casas do bairro tinham antenas parabólicas. A diferença é que aquela era bem maior que as outras.

— É aqui — informou Pedro.

Bateram na porta, esperaram um pouco. Quando a porta se abriu, a primeira coisa que Marcos viu foi um rosto sorridente e barbado.

— Afinal vocês chegaram! — disse o homem de barba.

— Marcos, esse é o Eduardo — disse Pedro. — Meu... primo, eu acho.

— É isso aí, meu nome é esse mesmo — disse Edu —, mas pode me chamar de Velho. Todo mundo chama assim e eu não ligo mais...

— Muito prazer — disse Marcos estendendo a mão. — Marcos.

O Velho apertou com firmeza sua mão. Marcos entendeu o porquê do apelido. O Velho não tinha mais de cinquenta anos, mas usava uma grande e indisciplinada barba, totalmente branca. Os cabelos também eram brancos, longos até quase o pescoço, presos na testa por uma bandana. O rosto já apresentava uma rede de rugas no canto dos olhos, a pele tinha o desgaste de quem apanhou muito sol e gastou o corpo e a saúde através dos anos. Era um pouco gordo, tinha a barriga saliente, vestia um jeans velho e desbotado, camiseta de um antigo grupo de rock e sandália de dedo. Parecia um velho hippie aposentado, pensou Marcos. Ou um gnomo.

— Entrem — disse o Velho. — Vamos para a sala de comando.

Marcos estranhou o termo. Atravessaram a sala da casa, uma sala comum e um tanto desarrumada, com jornais espalhados no sofá, na mesa de centro. Um corredor dava para os outros cômodos da casa, mas havia uma porta lateral. O Velho abriu a porta lateral, enveredou por uma área onde havia um jardim malcuidado. No fundo da área, uma edícula ampliada por várias reformas. A porta estava aberta. Marcos notou que era uma porta sólida, reforçada, com várias fechaduras. O Velho entrou, fez um gesto.

— A sala de comando — disse, com um ar divertido.

Marcos e Pedro entraram. Marcos parou na soleira, olhando para dentro. A sala estava na penumbra, apenas a luz dos monitores azulava o ambiente. Eram, pelo menos, dez monitores, com imagens diversas, alguns com textos. Marcos viu computadores de diversos tipos e tamanhos, além de inúmeros periféricos. Havia PCs, Macintoshs, Amigas, a torre de um servidor ronronando no chão, três impressoras e outros equipamentos que ele não foi capaz de reconhecer. Entrou lentamente, impressionado com o conjunto. Parecia mesmo uma sala de comando da Nasa ou de algum seriado de ficção científica. Pedro olhava o amigo, até certo ponto orgulhoso pelo efeito que a instalação causava.

— Está um pouco escuro aqui — disse o Velho, enquanto acionava um interruptor. — Eu estava trabalhando num programa e, quando trabalho, prefiro só a luz dos monitores. Puxem essas cadeiras, sentem.

A luz inundou a sala, multiplicando os detalhes do equipamento, mas mostrando também um certo ar de desleixo produtivo, daquela bagunça que introduz um toque humano à frieza das máquinas. Antes de sentar, Marcos deu uma volta pela sala.

— Puxa — disse —, tem muito equipamento aqui.

— As coisas se acumulam — disse o Velho. — E olha que eu sempre jogo fora o que vai ficando obsoleto.

Claro que tem umas coisas meio antigas que continuo usando, por hábito ou porque os modelos novos não conseguem superar os antigos para alguns usos.

Voltou-se para Pedro.

— Mas, por que vocês me procuraram?

— A gente está precisando de... uma assessoria — disse Pedro. — É um projeto para o qual o nosso conhecimento de informática não dá.

O Velho se ajeitou na cadeira.

— Então manda — pediu. — Diz aí...

Pedro relatou a história do fanzine e explicou que queriam fazer uma versão eletrônica da revista na Internet. Marcos acompanhou a explicação do amigo.

— Então a gente queria saber se isso é possível — disse Marcos quando Pedro terminava sua explicação. — E como é que se faz.

O Velho pensou um pouco, interessado, com o rosto se abrindo num sorriso.

— É claro que dá para fazer — disse ele. — Vocês precisam criar um *site* na Web, quer dizer, um lugar, algumas páginas na área da Internet que trabalha com imagens, com um endereço divulgado na revista e na própria Internet. Vocês vão precisar de um servidor, que fique ligado todo o tempo, porque só tem sentido se o serviço do fanzine for *on-line*... isso custa algum dinheiro e, vocês sabem, não se cobra esse tipo de serviço na rede.

— É, eu sei — disse Pedro. — Nós tínhamos pensado em conseguir patrocínio... das bandas, das gravadoras, sei lá.

— O problema — disse Marcos — é que a gente tem que começar, tem que mostrar alguma coisa para pedir o patrocínio. Não sei... precisa de equipamento, não é?

O Velho ficou pensando um pouco, olhando para os meninos. Seu olhar era doce, como quem via nos dois um potencial, uma vontade de fazer tropeçando nas primeiras dificuldades do mundo real.

— Olha — disse ele. — Talvez, pelo menos no princípio, eu possa quebrar o galho de vocês. Eu posso programar as páginas que vocês precisam e a gente pode usar o meu servidor e os meus acessos para pôr o *site* na rede. Se, depois, der tudo certo, e vocês levantarem patrocínios, a gente vê o que faz, se vocês compram equipamento... mas aí já é outra etapa, outro momento.

— Puxa, cara — disse Pedro. — É muito legal isso, se você puder fazer.

— Mas... — Marcos estava desconfiado. — Por que você vai fazer isso para a gente, ocupar teu equipamento...

— Olha — disse o Velho. — Quando eu tinha a idade de vocês, eu não estava nem um pouco preocupado em montar um empreendimento, com patrocínio ou sem patrocínio. Eu era um duro, mas o negócio da minha geração, naquela época, era cair no mundo, viajar. Na verdade, eu acho comovente uns meninos como vocês preocupados em... sei lá, criar um espaço de trabalho, de invenção.

Marcos percebeu que ele se emocionava. Não conseguia entender direito. O Velho era um adulto, na verdade um cara de meia-idade, um velho mesmo, mas pensava umas coisas que não tinham nada a ver com o que se acostumara a ouvir dos adultos. Ele estava fascinado com aquela figura diferente de tudo que conhecia e, sem saber por quê, começava a achar que dava para confiar nele.

— Aliás, fiquei curioso com uma coisa — continuou o Velho. — Eu entendo que vocês queiram fazer um fanzine na Internet, o rock é uma coisa legal e precisa mesmo estar ligado nas novas tecnologias. Mas vocês estão definindo a coisa como um negócio, como um meio de ganhar dinheiro. Estou certo?

— Está — disse Pedro. — É isso mesmo.

— Posso perguntar por quê? — insistiu o Velho. — Eu não sou contra, acho bem legal. Mas fico curioso, Pedro, porque você tem tudo, teu pai te dá tudo. E aí...

— Acho que a culpa é minha — cortou Marcos. — O Pedro tinha a ideia do fanzine, assim, como uma atividade amadora, uma coisa legal de fazer, e só. Fui eu que, sei lá, forcei um pouco a barra.

— E por quê? — O Velho voltou-se para ele.

— Bem... é que... — Marcos se atrapalhava.

— É o seguinte — socorreu Pedro. — O Marcos está meio a perigo, porque o pai dele está um tempão sem emprego... então a gente pensou em ver se dava para levantar algum com... sei lá, cara, com um negócio que a gente gosta de fazer...

— Ah, entendo — disse o Velho, e, dirigindo-se a Marcos, continuou: — Mas o teu pai perdeu o emprego e daí? No que que ele trabalhava?

Marcos, já mais à vontade, e sentindo-se como se conhecesse o Velho há muito tempo, resolveu abrir o jogo.

— É, meu pai era executivo duma multinacional, ele tinha um cargo de direção — disse. — Aí, há um ano e meio, mais ou menos, falaram que ia ter uns cortes e não deu outra. Ele foi demitido. Ele achou que logo ia arranjar outro emprego, acabou gastando a indenização e... não arranjou foi nada... aí eu acho que ele desistiu...

— Como assim? — perguntou o Velho.

— Ele fica lá, sem fazer nada... — Marcos ficou mais reticente. — Como se não tivesse mais vontade...

O Velho ficou olhando para Marcos, por um momento. Coçou a barba.

— Olha, cara, não fica culpando teu pai, não — disse o Velho, com cuidado. — Pelo que você está dizendo, ele foi apenas mais uma vítima do desemprego estrutural...

— Que negócio é esse? — perguntou Marcos, um pouco na defensiva.

— Vou te explicar. — O Velho se ajeitou na cadeira. — Antigamente o desemprego crescia quando havia uma crise econômica, no mundo ou no país, entende? Mas quando a economia voltava a crescer, todo mundo tinha emprego, entendeu?

— Tá — disse Marcos. — E daí?

— Daí que hoje não é mais assim — continuou o Velho. — O mundo mudou muito, sobretudo por causa disso aqui.

Ele fez um gesto, mostrando os computadores. Pedro e Marcos olharam as máquinas, intrigados.

— É isso mesmo — disse o Velho. — A informática mudou muita coisa. As empresas, para sobreviverem, estão tendo que aprender a produzir mais gastando menos, usando mais computadores e menos gente. Aí elas podem produzir mais a um custo menor. Os produtos ficam mais baratos e vendem bastante. A economia cresce, mas o desemprego também cresce. Sobretudo para quem não se adaptou aos novos tempos.

— Será que é esse o caso do meu pai? — perguntou Marcos.

— Pode ser, eu não sei — respondeu o Velho. — Mas veja: um executivo que trabalha há vinte anos ganha um bom salário. Se nesses vinte anos ele não se atualizou, não aprendeu a trabalhar com a informática, que é que acontece?

— Ele dança — comentou Pedro.

— Isso aí — continuou o Velho. — A empresa acaba achando um cara mais jovem, que domina computadores e toda a linguagem dos novos tempos. Esse cara vai ganhar menos e o trabalho dele vai substituir o trabalho de dois, talvez até de três dos antigos. Aí a empresa despede os mais velhos... e eles não encontram emprego em nenhum outro lugar, porque todas as empresas estão contratando aquele garotão que é fera nos computadores.

Marcos não percebeu tudo o que o Velho explicava. Mas começou a entender o que estava acontecendo com seu pai. Uma confusão de sentimentos o atravessava, apertando-lhe a garganta. Baixou a cabeça. Começou a entender que seu pai se sentia acuado, sentiu-se envergonhado de tê-lo acusado de perdedor, mas, ao mesmo tempo, perguntava-se por que ele não reagia, por que não conseguia entender o mundo como, por exemplo, o Velho o fazia.

— Que foi, Marcos? — perguntou o Velho. — Você está sentindo alguma coisa?

— Não é nada, não. — Agora sentia-se envergonhado de seus sentimentos confusos. — Tava pensando...

— Então tá — disse o Velho. — Pensa nisso tudo quando for conversar com teu pai. Agora vamos voltar ao assunto que trouxe vocês aqui.

Arrastou a cadeira para a frente de um monitor, pegou o mouse.

— Cheguem mais perto — disse o Velho. — Vamos entrar na Internet e navegar um pouco. A gente dá uma olhada em algumas coisas que já existem e discute como é que vai ser o *site* de vocês.

Pedro e Marcos puxaram as cadeiras para perto dele. No monitor, as telas se sucediam, mostrando a imensa oferta de informações que circulam pela rede. Marcos se deixou mergulhar naquele mundo, dissolvendo suas inquietações e inseguranças no encantamento do universo virtual.

15

Dois dias depois Marcos resolveu falar com sua mãe. Não quis telefonar. No telefone era sempre a mesma coisa: ela ficava perguntando um monte de coisas, ele respondia por monossílabos e ela acabava por desfiar a série de conselhos habituais. Pessoalmente era diferente e, embora Marcos não quisesse admitir, sentia falta dela.

O edifício em que ela morava com o irmão de Marcos ficava numa rua secundária e calma do Jabaquara. Era um prédio pequeno, mas relativamente novo e que passava a impressão de ser limpo e claro. Marcos parou em frente, contou os andares e localizou a janela da sala do apartamento. Estava fechada. "Ela ainda não chegou", pensou.

O porteiro o conhecia, já tinha estado lá muitas vezes, ainda que a intervalos bem irregulares. Marcos empurrou a porta de vidro.

— Não tem ninguém em casa — disse o porteiro.

— Nem meu irmão? — perguntou Marcos.

— Não, ele tem chegado tarde — respondeu o porteiro. — Acho que o horário de trabalho dele mudou.

Marcos pensou por um momento.

— Deve estar quase na hora da minha mãe chegar — disse ele. — Acho que vou esperar por aqui.

— Fica à vontade — disse o porteiro. — Senta aí no sofá.

— Não precisa, eu espero lá na frente — respondeu Marcos, fazendo um gesto de agradecimento para o outro.

Ele saiu para a rua, que estava completamente tranquila no final da tarde. A temperatura estava agradável e as sombras longas desenhadas pela luz amarela contribuíam para criar uma sensação de calma. Marcos sentou na mureta que separava o pequeno jardim da rua e se encostou na grade que protegia a fachada do edifício. Crianças brincavam um pouco mais abaixo, as risadas e vozes agudas soando cristalinas no quase silêncio da rua. De quando em quando passava um carro.

Viu quando sua mãe surgiu na esquina, o corpo magro, elegante e discreto no habitual *tailleur* creme, os passos firmes, ainda que cansados, nos sapatos de salto alto. Bolsa a tiracolo e uma pasta fina nas mãos. Marcos ficou de pé, viu que ela o reconhecia e acenava de longe. Mas ficou esperando. Ela também não acelerou o passo, embora o sorriso não deixasse dúvidas quanto ao que ela sentia em vê-lo ali.

Enquanto ela se aproximava, Marcos experimentava, mais uma vez, os sentimentos contraditórios de sempre. Havia um certo rancor e uma certa distância, porque, a despeito de todos os argumentos e racionalizações, ele a responsabilizava pela separação. Seu pai podia ter fracassado, como hoje pensava, mas a iniciativa de acabar o casamento fora dela. Carlos tinha entendido e aceitado o ponto de vista da mãe. Marcos não.

Mas, junto com isso, vinha a saudade de um tempo em que ela estava sempre presente, uma sensação de apoio e proteção. Ela sempre tinha trabalhado fora, mas Marcos lembrava de como ela conseguia harmonizar horários para estar com os filhos.

— Oi, meu filho — disse ela, aproximando-se. — Faz um bom tempo, não?

Marcos se adiantou para beijar-lhe o rosto e ela o segurou num abraço. Ele correspondeu, mas logo deu um passo atrás.

— Eu tenho andado meio atrapalhado, sabe? — Marcos tentava arrumar uma desculpa. — Por isso demorei para aparecer...

— Claro que eu sei — disse ela com um sorriso cansado. — Vocês todos andam muito ocupados... Como é que vai o teu pai?

— Ele está bem, eu acho — o assunto constrangia Marcos. — Quer dizer, continua na mesma, procurando emprego. Eu... bem... ultimamente a gente andou se desentendendo...

— Vocês brigaram — não era uma pergunta, era quase uma afirmação.

— É... quer dizer... eu falei umas coisas, ele anda me dando um gelo — tentou explicar Marcos.

— Você precisa ter paciência com ele — ela disse.

— Mas você não teve, não é? — Marcos não conseguiu se conter.

— É diferente, Marcos, você sabe disso — o sorriso tinha sumido, as linhas do rosto acentuavam o cansaço. — Deixa pra lá.

Marcos olhou para o chão.

— Desculpa, mãe — disse ele. — Eu não queria falar desse assunto.

— Está bem, não se preocupe — ela voltou a sorrir, com certa tristeza. — Vamos subir, nós temos muita coisa para conversar. Eu quero saber da escola, do que você tem feito.

Marcos hesitou.

— Eu não sei...

— Olha, Marcos — a voz dela agora era firme, quase autoritária. — Eu estou cansada, louca para tirar esses sapatos e comer alguma coisa. Você janta comigo. Aliás, eu tinha, hoje cedo, feito aquela sopa que você gostava tanto...

A lembrança da sopa, mais do cheiro do que do gosto, veio imediatamente à memória de Marcos. Ele tinha oito anos e chegava da escola, no antigo e confortável apartamento, jogando a mochila em qualquer canto. O cheiro da sopa sendo preparada na cozinha invadia a sala e ele tinha certeza de que estava em sua casa e que tudo estava bem.

— Está bom, mãe — disse Marcos. — Eu janto com você.

Os dois entraram no edifício e Marcos, num gesto recuperado do passado, a abraçou ao caminhar, passando o braço em torno dela. Só que, agora, o braço passava por sobre os ombros de sua mãe. Ela parecia tão pequena a seu lado...

16

O apartamento de Priscila era grande, com quatro quartos, gabinete de trabalho, uma enorme sala com varanda. Ao passar pela sala, Marcos tinha notado o *home theater* que ocupava um de seus cantos: o telão com projetor de TV, as caixas de som, duas televisões menores compondo o conjunto. De relance, percebeu uma estante cheia de disc-lasers, outro tanto de fitas. Nenhum livro, nem mesmo no gabinete de trabalho. O que havia ali eram três computadores. Priscila lhe informara que um era dela, outro de seu irmão e o terceiro dos pais.

— Quer dizer — explicava ela —, quem usa mesmo é meu pai. Minha mãe não gosta dessas coisas.

Afinal tinha ido ajudá-la com o trabalho de história. Desde a festa, tanta coisa tinha acontecido que ele mal tinha tido tempo de se colocar à disposição de Priscila. Depois, o desentendimento com Flávia o havia deixado meio sem graça. Mas o encantamento com aquele perfil delicado e com os olhos verdes tinha sido mais forte. E ali estava, como sempre com o coração um pouco acelerado, a boca seca. Tirou algumas anotações e um livro da mochila.

— Você tem alguma anotação? — perguntou.

— Eu não — disse Priscila. — Não tenho nada.

Essa aula me enche tanto que eu fico pensando noutras coisas...

— No quê, por exemplo? — Marcos se interessava.

— Sei lá — disse ela. — Nas coisas que eu quero comprar no shopping, no celular que eu vou ganhar no meu aniversário... essas coisas.

Conversar com Priscila era, quase sempre, um espanto. Marcos se assustava com o universo de interesses dela e, de certa forma, se sentia excluído. Principalmente ali, na casa dela, com todos os móveis e tapetes e enfeites e veludos e aquele acúmulo de coisas caras e de gosto duvidoso que o deixavam um pouco sufocado. Marcos viu-a pegar, numa gaveta, vários CD-ROMs.

— Olha — disse ela —, aqui tem um monte de enciclopédias e outros livros de referência, tudo em CD. Se você tiver alguma dúvida...

— Tá — concordou Marcos. — Vamos ver se a gente consegue escrever alguma coisa...

Começou a trabalhar, sempre consciente da presença dela a seu lado, do perfume doce que o distraía dos textos. Na verdade, o trabalho era fácil, já tinha feito o seu de uma sentada só, praticamente sem consultar nada. A preocupação, ali, era escrever algo diferente do que já fizera e que, de alguma forma, pudesse parecer com algo feito por Priscila. Ao tentar definir para si mesmo o que seria esse algo feito por ela, alguns adjetivos como delicado, superficial, quase fútil, lhe vieram à cabeça. Olhou para Priscila, ali a seu lado, bem perto e, ao mesmo tempo, quase inacessível. Continuou a trabalhar, o texto fluindo do teclado para o monitor, enquanto ela olhava por cima de seu ombro.

— Como você escreve bem! — disse ela. — Parece tão fácil. Eu não consigo me lembrar dessas coisas todas. Você quer uma Coca-Cola, um suco, alguma coisa assim?

— Boa ideia — disse Marcos sem se desviar da tela. — Quero sim.

Priscila pegou um interfone que estava sobre a mesa e ordenou a vinda do refrigerante. Marcos ficou um pouco incomodado com o tom que ela usava para falar com a empregada. Um tom áspero, autoritário, totalmente desprovido daquela doçura que ela usava para falar com ele. Sobretudo quando era para pedir ajuda nos trabalhos. Alguns momentos depois uma empregada uniformizada entrou na sala, com os pedidos numa bandeja. Havia alguma coisa de cerimonial, de empostado, no modo dela servir, na forma superior, quase desdenhosa com que Priscila a tratava. Marcos sentia-se cada vez mais incomodado, cada vez mais estranho naquele ambiente. Tomou alguns goles do refrigerante e, quase ao mesmo tempo, descobriu uma alternativa interessante para continuar o texto. Pôs o copo de lado e recomeçou a digitar com bastante velocidade, em silêncio. Priscila acompanhou o texto que se formava na tela durante alguns momentos, depois se distraiu. Olhou pela janela e, de repente, começou a falar. Marcos continuava a escrever, ouvindo o que ela dizia sem perder a linha de raciocínio do trabalho.

— Nas férias eu vou para Miami — dizia ela. — Não que eu goste muito de lá. A cidade até que é bonita, mas tem muito latino, aqueles porto-riquenhos ou cubanos ou sei lá o que eles são. Às vezes nem parece a América, parece... um desses países pobres aí. Sabe, meu pai já foi uma vez presidente duma empresa, duma multinacional que fabrica remédios, na Colômbia. A gente vivia bem, numa casa legal, com carro, empregados e tudo, dava para ir nos shoppings, nas discotecas, mas o país é muito esquisito. A gente tinha que viver cercado de segurança, tinha muita gente mal-encarada. Tinha até um esquema de emergência, uma coisa assim com helicópteros pousando no jardim da casa e indo direto para o aeroporto, para tirar a gente de lá se acontecesse alguma coisa. Nunca aconteceu nada, mas umas duas vezes a gente teve que fazer treinamento do esquema. Você imagina? Minha mãe, meu pai, todo mundo treinando como fugir... Parecia até que nós éramos culpados de alguma coisa... Minha mãe não podia sair para fazer compras que tinha que ir um carro com quatro seguranças armados de metralhadora, uma loucura. É claro que Miami não é assim e o que é bom lá é que dá para comprar muita coisa legal. Mas tem todos aqueles latinos e eu fico com medo pensando que se...

Marcos tinha parado de escrever e estava olhando para ela, sem acreditar no que ouvia. A visão de mundo distorcida de Priscila o deixava atônito. Até entendia o que ela sentia, o tipo de problema que ela relatava. O que o espantava era o fato de ela não ter o menor senso crítico em relação a isso, de contar essas coisas como quem conta que foi a uma loja dos Jardins comprar uma blusa nova.

— Ih, eu estou te atrapalhando — disse ela. — Vou ficar quieta, pode continuar a escrever.

Ele continuou a escrever. O telefone tocou, ela atendeu na extensão que havia na sala de trabalho. Era um telefone sem fio e Priscila foi para junto da janela, mergulhando num papo interminável com algum interlocutor que Marcos não tinha como saber quem era. O perfil de Priscila se recortava contra o céu, os cabelos finos formando um halo de luz amarela em torno de sua cabeça. Parecia irreal e ela, absorvida pela conversa, não tomava conhecimento de sua presença ali. Marcos sentiu, ao mesmo tempo, ciúme do interlocutor desconhecido e uma grande atração pela figura delicada recortada pela contraluz. Sem notar que ele a olhava, Priscila deu-lhe as costas e continuou conversando. Marcos voltou ao teclado, remoendo uma sensação desagradável de que, mantidas certas aparências, ela o estava tratando como a um subordinado, como alguém que está ali apenas

para fazer um trabalho. Como se a ela se devessem certas obrigações pelo simples fato de ela ser o que era, uma garota linda e rica.

— Puxa — disse Priscila, desligando o telefone. — Acho que eu vou ter que correr para ir ao cabeleireiro e comprar um vestido novo. Imagina que eu nem lembrava, mas hoje tem uma festa, uma prima minha meio distante que eu não vejo há tempos, mas que mesmo assim eu tenho que ir. Ela voltou da Europa, e parece que ficou noiva por lá, dum italiano ou coisa parecida, e ela vai dar uma festa para apresentar o noivo... Sabe, essa coisa de noivo europeu, italiano, francês, é meio esquisito, mas... Ainda falta muito, Marcos?

— Não, eu praticamente já acabei — disse Marcos com um sorriso amarelo. — Espera cinco minutos, é só mais um parágrafo para fechar o trabalho e redigir três notas, indicando bibliografia.

— Ué, mas que bibliografia? — perguntou Priscila.

— Eu lembro de cabeça uns livros que consultei — respondeu Marcos.

Logo depois ele pôs o computador para imprimir, ficou acompanhando o resultado que saía da impressora, enquanto Priscila, visivelmente inquieta, telefonava para o cabeleireiro e para duas ou três butiques.

— Tá aqui — disse Marcos, entregando a ela as folhas impressas. — Acho que está completo, é só entregar.

Sem disfarçar a pressa, Priscila o conduziu para a porta.

— Você não imagina como estou agradecida — disse-lhe ela, dando-lhe dois beijinhos no rosto. — Você é um anjo.

Um pouco mais tarde, no longo trajeto de ônibus desde o Morumbi até sua casa, Marcos não se sentia bem. Desde sempre sabia que ela o manipulava, como, aliás, fazia com todo mundo. Usava a atração que exercia, seu charme de menina rica para obter das pessoas, e dele em particular, o que queria. Mas não precisava ser tão explícita, pensava Marcos.

Chegou em casa remoendo a frustração, uma certa mágoa. Atravessou o vestíbulo úmido e manchado pelas infiltrações, subiu as escadas encardidas sentindo de um modo quase físico o contraste com o prédio em que Priscila morava. Entrou no apartamento. Estava trancando a porta quando seu pai, saindo do quarto, veio em sua direção, passos lentos, sem olhá-lo nos olhos. Esperou, sem saber muito bem o que fazer. Sem dizer nada, em absoluto silêncio, seu pai lhe estendeu um monte de papéis. Marcos os pegou, seu pai virou-lhe as costas e voltou para o quarto. Marcos olhou os papéis que tinha nas mãos. Era o requerimento de desconto, preenchido e assinado, e mais todos os outros documentos necessários, as cópias autenticadas, até a cópia do imposto de renda. Marcos ficou olhando para os documentos por um longo tempo, com vontade de ir falar com seu pai e sem saber como fazê-lo.

17

Marcos e Pedro chegaram ao prédio onde Pedro morava. Estavam voltando juntos da escola porque, naquele dia, tinham combinado uma reunião com Jorge, o garoto que era de um grupo de rap. Marcos nem passara em casa e carregava a mochila. Jorge já estava esperando em frente ao prédio. Cumprimentaram-se e subiram para o apartamento de Pedro.

Não havia ninguém em casa. Ao passarem pela sala, Pedro ligou a televisão, num gesto automático. Estava sintonizada na MTV e os três pararam um instante, olhando as imagens, ouvindo o som.

— É o Eric Clapton — comentou Pedro.

— Grande guitarrista — disse Marcos. — Meio velho.

— É, mas tem uns velhos que tocam bem — retrucou Pedro.

Foram, então, para a cozinha. Pedro abriu a geladeira e eles pegaram maionese, queijo e uns frios que havia lá. Marcos pegou uma garrafa de refrigerante e Jorge, revelando alguma intimidade com a casa, pegou um pacote de pão de forma no armário. Olhou para a geladeira aberta, deu uma risadinha.

— Tem poucas coisas mais bonitas que geladeira de bacana — disse, rindo. — Sempre cheia de comida, dumas coisas coloridas...

Marcos estranhou o comentário, se bem que ele mesmo tivesse notado a diferença entre aquela geladeira cheia e a da sua casa, que geralmente tinha apenas algumas poucas coisas perdidas lá dentro. Pedro riu, divertido, revelando certa cumplicidade com Jorge. Sentaram em torno da mesa da cozinha, para preparar os lanches.

— E aí? — disse Jorge, enquanto passava maionese no pão. — Que é que vocês estão pensando nessa história do fanzine? Quero dizer, sobre o rap.

— Precisa incluir o rap — disse Pedro. — No fanzine vai ter, basicamente, rock: trash, punk, o que pintar. Mas eu tinha pensado em incluir até algo de reggae. Portanto o rap...

— Mas você sabe que as bandas de rap são pobres — disse Jorge. — Se for pra patrocinarem alguma coisa, já viu... não vai dar.

— Não sei. — Pedro tinha terminado de montar seu sanduíche. — Talvez as gravadoras...

— Espera aí, me diz uma coisa — falou Marcos com a boca cheia. — Dá pra ter som na Internet, especialmente na Web?

— O quê? — perguntaram os outros dois em uníssono, sem entender a relação.

Marcos acabou de engolir o pedaço de sanduíche que mastigava, enquanto pedia tempo aos outros com um gesto.

— Pensei uma coisa — disse, terminando de engolir. — Se desse pra pôr som na Internet, junto com a página do fanzine, a gente podia pôr um rap que apoiasse o texto.

— Como assim? — perguntou Jorge.

— Olha só — continuou Marcos. — Quando o sujeito ligar pro nosso *site*, na hora que a página estiver abrindo na tela, entra um rap, como se fosse a trilha sonora das nossas imagens. Só que a letra do rap vai ser um apoio, um desenvolvimento do texto que estiver escrito no vídeo.

— A ideia é legal — disse Pedro —, eu só não sei se dá para fazer.

— A gente precisa perguntar para o Velho — rebateu Marcos. — Ele deve saber.

Voltou-se para Jorge.

— E você, o que acha? — perguntou.

— Acho que dá pra fazer um rap bem legal — disse Jorge. — Pode crer, dá pra fazer um para cada edição, zoando com as coisas que tiver naquela edição. Acho legal também porque dá pra promover o pessoal, dar um destaque pra eles.

Continuaram a comer os sanduíches em silêncio. Jorge se serviu de refrigerante e começou a fazer outro sanduíche.

— Tá esfomeado, meu? — brincou Pedro.

— O pior é que eu estou mesmo. — Jorge parou um pouco, pensando. — Mano, desde que eu estou trabalhando até que dá pra ter o que comer todos os dias lá em casa. Mas quando eu sento numa mesa, assim como essa, é como se nunca mais eu fosse ver comida...

— Fome ancestral — disse Pedro, rindo. — Você tem fome por todos os teus antepassados que não tiveram o que comer...

Marcos recostou-se na cadeira, bebendo seu refrigerante.

— Me diz uma coisa, Jorge — perguntou Marcos. — Como é essa coisa do rap que vocês fazem? É uma banda, como é que é?

Jorge se ajeitou, sem parar de fazer o sanduíche.

— O Fator Radical é bem mais que uma banda — disse. — Lá onde eu moro, tem um conjunto da Cohab, que é bem grande, mora muita gente lá, e do lado tem uma favela.

— Mas você mora na Cohab, não é? — atalhou Pedro.

— É, dentro do bairro até que eu sou dos mais ricos... — ironizou Jorge. — A favela é do pessoal que não tinha grana nem pra morar na Cohab. Então, você sabe, a barra lá é pesada, tem tráfico, tem bandido, tem justiceiro...

— E não tem polícia? — perguntou Marcos.

— Quando a polícia aparece é pra piorar tudo — riu Jorge. — Eles chegam lá, batem em todo mundo, revistam todo mundo, pra polícia lá é tudo bandido, principalmente...

— Quem? — perguntou Marcos, na hesitação de Jorge.

— Principalmente os pretos. — Jorge estava, agora, sério. — Eles chegam batendo, levam meia dúzia em cana, nem adianta reclamar. E os bandidos mesmo, até parece que os caras se entendem bem com eles...

— Mas, e aí? — disse Pedro. — E o rap?

— O rap acaba sendo uma espécie de resposta nossa a isso tudo, mano — continuou Jorge. — Tem uns caras, assim que nem eu, que não tão a fim de ficar fumando crack até morrer, nem de virar bandido e traficante. Aí a gente se junta e... não é só uma banda, o Fator Radical é um grupo, grande, que faz rap, que organiza shows, que tenta juntar a garotada que não tá na bandidagem.

— Eu não consigo imaginar como é — disse Marcos.

Jorge olhou para ele, os olhos brilhando, como quem acaba de ter uma ideia.

— Então vamo lá, cara — convidou. — Aí você vê de perto o que que é.

— Você está me chamando para ir até lá, é isso? — perguntou Marcos.

— Pode crer — continuou Jorge. — É difícil explicar o que o rap significa pra nós. É melhor ir até lá e ver.

— Quando? — perguntou Pedro.

— Agora, já! — entusiasmou-se Jorge. — Hoje é um dos dias que a gente ensaia. Dá pra pegar a turma toda junto.

— É até uma boa ideia. — Pedro estava pensativo. — A gente podia ter uma ideia mais clara do que significa todo esse movimento e trazer isso para dentro do fanzine. Mas hoje não dá. Daqui a pouco eu tenho aula de caratê e, mais tarde, o curso de inglês. E você, Marcos?

— Eu posso ir — disse Marcos. — Não tenho nada à tarde.

O que Marcos pensou, sem dizer, foi que não tinha grana nem para pagar a escola, quanto mais para cursos particulares.

— Então vamo lá! — Jorge já se levantava, ainda com meio sanduíche na mão.

— Posso deixar a mochila aqui? — Marcos perguntou para Pedro. — Depois eu pego.

Pedro concordou. Depois de liquidados os sanduíches, Marcos e Jorge saíram.

18

Já tinham ido até o ponto final do metrô, na zona Leste. Marcos nunca tinha ido para aqueles lados e já estava chocado com a mudança da paisagem. Tinham tomado o metrô na Paulista, estação Brigadeiro, em meio às torres de concreto e vidro, com o trânsito pesado do começo da tarde soando em seus ouvidos, a massa compacta de pedestres na boca da estação. Marcos ficara sonolento com o balanço do trem, com a viagem que parecia não terminar. Trocou poucas palavras com Jorge. Quando percebeu que já fazia tempo que não estavam mais no trecho subterrâneo e se lembrou de olhar para fora, não acreditou. A paisagem era quase rural, com casinhas térreas se espalhando ao lado da linha, terrenos baldios, trechos tomados pelo mato. Quase nenhum carro, uma ou outra pessoa. Voltou-se para Jorge.

— Não parece São Paulo — disse.

O outro deu de ombros.

— Isso aqui é um bairro-dormitório — comentou Jorge, desinteressado. — A maior parte do povo está no trabalho, longe daqui. Quem não tem emprego tá dormindo.

Calaram-se, enquanto a paisagem continuava mudando. No fim da linha, pegaram um ônibus. Em torno do terminal parecia que a cidade tinha acabado. Mato rasteiro, ruas malcuidadas, quase nenhuma casa. Mas mal o ônibus começou a se embrenhar pelas ruas estreitas, a cidade veio ao encontro deles. Para Marcos era, mais uma vez, uma outra cidade, completamente diferente daquela onde ele havia nascido e crescido. Uma cidade de casinhas térreas, esmagadas pelas lajes de concreto, planas e chatas como uma tampa de caixa, paredes nuas de blocos de cimento, às vezes de tijolo. Mais raramente, paredes cobertas por um reboco sujo que, algum dia, talvez tenha sido pintado de alguma cor. Casas coladas umas às outras, contrastando com terrenos inexplicavelmente vazios. De vez em quando, um bar, uma birosca espremida na esquina, com um balcão de fórmica, bancos velhos de madeira e, quase sempre, uma mesa de sinuca debaixo de uma coberta improvisada com alumínio.

"Como é que alguém consegue morar aqui", pensava Marcos. Só de olhar da janela do ônibus, ficava deprimido. Um súbito medo de que seu pai e ele acabassem num lugar assim o assaltou. "Se o pai continuar sem emprego", pensou. O ônibus entrou por uma rua sinuosa, subindo. De um lado, o morro revelava a terra vermelha cortada pela estrada e vegetação em torno. Do outro lado, as casinhas, até perder de vista. Mas o ônibus fez outra curva, a paisagem de casinhas foi interrompida por uma grande pedra nua. Quando a pedra acabou, Jorge pegou no seu braço e apontou.

— É ali — disse ele.

Marcos olhou. Logo depois da pedra, um pouco abaixo do nível onde estavam, estendia-se, até onde dava para ver, uma paisagem de prédios iguais. Os prédios tinham todos uns cinco andares, eram retangulares, mais largos do que altos, dispostos como pedras de dominó cobrindo inteiramente o planalto. As paredes estavam sujas pela ação do tempo, entre um prédio e outro apareciam ruas e pátios de cimento, não havia verde: só o amarelo sujo ou o cinza das paredes. A imagem era poderosa, porque os prédios ocupavam todo o campo de visão, mas dela se desprendia uma sensação muito forte de umidade, de precariedade, de opressão. Como se fosse um gigantesco complexo penitenciário largado à própria sorte.

— A Cohab — disse Jorge. — Eu moro lá no meio, por ali.

Marcos estava sem fala. Chocado pela realidade que lhe entrava pelos olhos. Não tanto pelos prédios, que eram, na verdade, melhores que as casinhas pelas quais haviam passado. Mas pela dimensão daquilo tudo. Era uma cidade inteira, inóspita e desolada, debaixo do sol de começo da tarde. Milhares de pessoas deviam morar ali. O ônibus desceu uma ladeira e entrou na rua que margeava o conjunto. Os passageiros se movimentaram, indicando que todos iam descer. O ponto final ficava já dentro do conjunto, numa rua mais larga que o cortava ao meio.

— Vamo lá — disse Jorge, assumindo ar de anfitrião. — Precisamos ainda andar um bocado a pé.

Os passageiros se espalharam em várias direções. Marcos caminhou ao lado de Jorge, entrando pelo meio dos prédios. Ali, o calor era mais forte, reverberando no cimento. Havia mais movimento. Crianças, rapazes, mulheres com ar de donas de casa circulavam pelos pátios e ruas, formando grupinhos para conversar, cumprimentando os outros de longe, falando alto. Marcos se sentia um estrangeiro, um estranho em território alheio, olhando tudo com certo espanto.

— Quase não há homens — comentou. — Quer dizer, a maior parte é criança e mulher.

— Os homens estão trabalhando — respondeu Jorge. — Os que têm emprego. Os outros fazem parte das gangues.

— E você? — Marcos se deu conta de que sabia pouco de Jorge.

— Eu trabalho de noite, mano — disse Jorge. — Faço o turno da noite numa firma de embalagens, em São Miguel. Tô fazendo o supletivo de manhã.

— Pô, meu, e você não dorme? — espantou-se Marcos.

— Devia estar dormindo agora — Jorge ria.

Continuaram a andar, atravessando o labirinto de prédios. Marcos olhou Jorge de soslaio, com certo respeito. O outro parecia muito menos cansado do que ele e só de pensar em trabalhar à noite, estudar de manhã e ainda ter atividades à tarde, já se sentia exausto. Além disso, a caminhada era longa, o sol queimava sem perdão. Não havia árvores, não havia sombra. Dava impressão que o cimento do chão, retendo o calor, fritava a sola de seus tênis. O suor começou a rolar de seu rosto, a camiseta estava úmida e pegajosa. De vez em quando alguém acenava para Jorge, ou gritava seu nome de rapper. Ele acenava de volta, com gestos cifrados. Dava para perceber que estava em seu território, um lugar onde era conhecido e, de certa forma, respeitado.

Algum tempo depois, Marcos viu que a sequência de prédios terminava um pouco adiante. Havia um muro, isolando o conjunto. Na esquina, Jorge assinalou uma direção.

— É por aqui — apontou. — Ali onde o muro está quebrado.

De fato, dava para ver que, um pouco mais adiante, o muro se interrompia. Tinha sido derrubado, provavelmente havia alguns anos: os tijolos, às vezes ainda em blocos maiores, se espalhavam perto da fenda, com a grama e o mato crescendo pelo meio deles. Ainda não dava para ver o que havia por trás, mas a fenda era grande, o trecho caído do muro se estendia por uns vinte ou trinta metros. Antes de chegar na fenda o calçamento do conjunto estava quebrado e havia uma área coberta por uma vegetação rasteira e raquítica, interrompida por uma trilha de terra vermelha, no lugar por onde as pessoas passavam. Marcos notou que havia um razoável movimento de gente entrando e saindo, um ou dois grupos parados próximo ao muro. Ele e Jorge se aproximaram. Para lá da fenda havia uma baixada, o terreno descia em direção a um riacho, cujos reflexos ao sol Marcos viu de relance. Antes de chegar na fenda, num local um pouco mais alto que dava uma visão geral da baixada, Jorge parou e indicou o panorama para Marcos.

— A favela da Duquesa — disse Jorge.

— Duquesa?! — espantou-se Marcos, enquanto subia na elevação.

— Dizem que o terreno era de uma duquesa — explicou Jorge. — No tempo do Império. Aí o nome ficou. Favela da Duquesa. Não é legal?

Marcos não teve tempo para saborear a ironia. Entre a fenda e o riacho se estendia uma confusa massa de barracos. Madeira, papelão, compensado, folhas de zinco, fumaça subindo de vários pontos, antenas de televisão espetadas em telhados improváveis. Vielas estreitas, gente entrando e saindo. A favela era grande, estendia-se da fenda ao riacho, e depois do riacho, na outra encosta, os barracos subiam até fechar o horizonte no topo da colina baixa. A cor predominante era a do barro, que sujava as paredes e os tetos. Involuntariamente, Marcos olhou para trás e o conjunto habitacional, que há minutos considerava desolado e hostil, pareceu-lhe civilizado e, até, acolhedor.

— Nós vamos entrar aí? — perguntou, temeroso.

— Vamo — disse Jorge. — O grupo ensaia num barracão que tem aí dentro.

— Mas... — Marcos hesitava. — Não era melhor arranjar algum lugar aí atrás, na Cohab?

— Até tem — Jorge balançava a cabeça. — Tem um salão, que é do Centro Comunitário da Prefeitura, onde rolam várias atividades. A gente já usou, todo fim de semana a gente arma um show lá, organiza um baile, alguma coisa. Mas, pra ensaiar, a gente achou que era melhor na favela.

— Por quê? — insistiu Marcos.

— Sei lá, mano — Jorge procurava a explicação. — A maior parte do grupo é da favela, sacou? E a gente quer que o pessoal da favela encare o grupo de rap como coisa deles, e não como uma atividade do pessoal da Cohab. Acho que assim integra mais.

Marcos não ficou inteiramente convencido com a explicação, mas Jorge já se encaminhava para a fenda. Marcos foi atrás. Entraram na favela. Além da lama e da sujeira no chão, o que chocou Marcos foi o cheiro. Um cheiro de urina choca, alimento estragado, lixo, misturado ao cheiro de comida sendo feita e de perfume barato. Com o estômago revirado, Marcos seguia Jorge pelas vielas, passando ao lado de paredes feitas com embalagens industriais, muitas ainda com o nome dos produtos estampados. Portas e janelas interrompiam as paredes e Marcos passava tão perto delas que tinha a impressão de estar dentro daquelas salas e quartos. Crianças de rostos sujos e remelentos brincavam nas portas, dava para entrever mulheres que cozinhavam e se movimentavam dentro dos barracos. Muita gente circulando pelas vielas, obrigando Marcos e Jorge a se desviarem.

— Aí, mano! — um garoto cumprimentou Jorge.

— Pode crê! — Jorge bateu o punho fechado no do outro.

Meninas e meninos, adolescentes encostados nas paredes, olhavam para Marcos. Ele começou a se sentir mal e a perceber que seu tênis, emprestado por Pedro, seus jeans velhos e descoloridos, sua camiseta já antiga, aquela roupa reciclada e meio velha que usava no dia a dia brilhava ali, como se fosse um modelo exclusivo, a grife do momento. Mesmo desbotadas, suas cores eram mais brilhantes que as das roupas dos outros, mesmo velhas, o corte chamava a atenção. Não comentou nada, mas ficou com um pouco de medo.

Jorge, um pouco mais à frente, dobrou uma esquina. Antes que Marcos chegasse lá, três rapazes fecharam sua passagem.

— Onde tá pensando que vai, bacana? — perguntou um deles.

— Olha eu... — gaguejou Marcos.

— Se tu tá querendo uma pedra... — disse outro. — É aqui mesmo.

Eles sorriam, agressivos, seguros de estarem em seu território.

— Não, eu... — Marcos continuou a gaguejar, suando frio.

— Mostra a grana logo, meu rei — disse o terceiro.

Nesse momento, percebendo que Marcos não o seguia, Jorge voltou e entrou no meio.

— Pode esfriar, galera — disse ele, chegando perto de Marcos. — O bacana tá comigo e ele não tá a fim de crack nem de nenhum outro bagulho. É outra coisa, é rap.

— Tá limpo, Head — disse o primeiro. — Não esquenta.

— Tando contigo, tá com Deus — emendou o outro. — Leva a mal não, bacana.

Eles abriram passagem e os dois seguiram. Jorge olhou para trás.

— Tem muito bacana, gente assim que nem você, que não mora na favela e nem na Cohab, que vem aqui comprar crack — explicou Jorge. — E não é só desses bairros, não. Vem neguinho dos Jardins, até...

O coração de Marcos ainda batia descompassadamente. Jorge indicou um barraco maior, que ocupava uma área central da favela e era mais bem construído que os outros, com tábuas corridas e telhado de placas corrugadas.

— Isso aqui foi levantado pelo pessoal da igreja — explicou. — É aí que a gente ensaia.

Mesmo de longe, já dava para ouvir o som que saía do barraco, a batida forte da base do rap. Jorge empurrou a porta, entrou, seguido por Marcos. O barraco não tinha divisórias internas, era um ambiente só, uma sala relativamente grande. Alguns bancos corridos de madeira estavam encostados pelas paredes, havia uma mesa ao fundo e alguns armários fechados. Na mesa, um radiogravador, um toca-discos e um pequeno amplificador com microfone. Umas dez pessoas estavam lá dentro, seis rapazes e quatro moças, todos em torno dos vinte anos. Dois dos rapazes eram brancos e uma das meninas, mulata clara. Os outros eram todos negros.

No momento em que Marcos entrou, um dos rapazes estava com o microfone na mão, metralhando uma letra de rap, longa e quase incompreensível, outro mexia no toca-discos, fazendo os *scratchs*. Os demais, espalhados pela sala, dançavam. O calor era quase insuportável e, assim que entrou, Marcos foi atingido pelo cheiro de suor dos corpos que dançavam, como se fosse uma coisa sólida despencando sobre ele. Mas ficou firme, porque Jorge parecia não notar. O rapaz que estava com o microfone parou de cantar e anunciou.

— Aí, galera, chegou ele, o grande, o melhor de todos: MC Head!!! — terminou gritando.

Os outros pararam de dançar e vieram cercar Jorge, que cumprimentava alguns com complicados rituais de mão. O rapaz que estava operando o toca-discos desligou o gravador. Agora era só o som das vozes gritadas, das risadas, que preenchia o ambiente. Marcos foi incluído na roda porque estava perto de Jorge, mas ninguém deu muita atenção a ele.

— Galera, esse aqui é o Marcos. Ele veio aqui pra conhecer a gente, aquele negócio da revista que eu já tinha batido pra vocês, tão sacando? — apresentou Jorge. Voltou-se para Marcos. — E essa galera é o Fator Radical, o melhor grupo de rap de São Paulo!

Eles cercaram, então, Marcos, com batidas nas costas, cumprimentos elaborados com as mãos. Meio sem jeito, ele se viu envolvido pelo grupo, ouvindo os nomes de uns e outros, ainda sem conseguir registrá-los com clareza. Foram andando para o meio da sala. Marcos estava meio tonto com o ruído, o quase tumulto de todos falando ao mesmo tempo, e com o cheiro forte. Jorge tentava explicar o que seria o fanzine na Internet e de que modo o rap seria nele incluído.

— E o Marcos veio, também, para ver como é o rap que a gente faz — disse Jorge. — E pra saber que tipo de atividade além do rap o grupo da gente tem.

— Então, tá — disse o rapaz que cuidava do radiogravador. — Vamo mostrar pra ele um rap que conta tudo isso. Certo?

— Certo — disse Jorge, pegando o microfone. — Marcos, senta por aí e ouve o Fator Radical.

Marcos recuou até um dos bancos que estava encostado na parede e sentou-se. O rapaz que estava cantando quando eles chegaram sentou ao lado dele.

— Aí, mano, eu sou o MC Black — disse —, e agora que o Head vai soltar o verbo, eu vou descansar um pouco.

— Legal — disse Marcos, ainda um pouco intimidado.

O gravador foi acionado e Jorge começou a cantar. Os outros, com as garotas à frente, iniciaram uma dança, bastante coreografada e cheia de movimentos bruscos. Havia momentos em que parecia um treino de boxe, com socos no ar, só que, em vez de jogo de pernas, o que acompanhava era um movimento de quadris agressivamente sensual. Giravam em torno de si mesmos, quase caíam, tocando o chão com a mão, recuperavam o equilíbrio. Lembrava uma luta, uma briga coletiva, e tinha um impacto muito forte. A letra que Jorge começou a cantar falava de falta de emprego, de falta de perspectiva, de droga, de doença, de violência. Marcos estava envolvido e, até certo ponto, assustado com a violência que emanava da música e da dança. No fundo, aquilo tudo lhe dava um pouco de medo. Engoliu em seco.

— E aí, meu? — perguntou-lhe, baixinho, o MC Black. — Você tá meio pálido.

— Sei lá — respondeu Marcos. — Estou com calor, com sede... Na verdade, eu estou um pouco... cara, esse rap só fala de morte, de dar porrada, de violência... assusta.

— Mas onde é que você pensa que tá, cara? — O outro continuava a falar baixinho e macio. — Aqui é assim mesmo.

— Não tem um pouco de exagero? — duvidou Marcos.

Ele se ajeitou no banco, inclinando-se para Marcos.

— Aqui morrem umas duas ou três crianças por dia, de falta de comida, de doença.

Marcos ficou quieto, ouvindo o rap, deixando que aquela realidade tomasse conta dele.

— O nosso grupo usa esse barraco aqui para alfabetizar o pessoal — Black retomou a conversa. — Os adultos e os moleques que não conseguem ir pra escola. Às vezes a gente também procura a Secretaria de Saúde e arranja uns caras que vêm fazer palestra de higiene, de prevenção da Aids, essas coisas todas.

Marcos ouvia, mas não registrava. Sua capacidade de absorver novidades estava quase no fim. Embalado no ritmo do rap, ele sentia como se estivesse fechado num universo de pesadelo, dessas coisas que nos parecem verdadeiras, mas não reais. De repente, soando alto, claro e aparentemente perto, uma série de ruídos de tiro rasgou o ambiente. Os estampidos foram seguidos de uma gritaria, logo mais tiros, e a gritaria silenciou. Jorge parou de cantar, o outro desligou o gravador e, no silêncio que invadiu a sala, ouviram mais três estampidos e um grito abafado, quase um gemido.

— Três oitão — disse alguém, diagnosticando o calibre da arma.

— Antes teve uma 45 — disse uma das garotas. — Deve ser coisa do pessoal da Cohab.

O silêncio tinha baixado lá fora. Dois dos rapazes abriram a porta e saíram. A menina que havia falado se aproximou da porta. Jorge se aproximou de Marcos.

— Fica frio — disse. — Deixa só eu ver o que é e você se manda.

De lá de fora veio o grito de um dos rapazes:

— Balearam o Duda!!

Subitamente, todos se precipitaram para fora. Marcos acompanhou Jorge, correndo pelas vielas próximas. As pessoas começavam a chegar. Indo atrás de Jorge, Marcos deu de cara com a cena. Um rapaz pouco mais velho que ele mesmo, mulato claro, de bermudas e chinelo de dedo, estava caído de costas no meio da rua. Na camiseta encardida era possível ver os dois buracos de bala na altura do peito, o sangue empapando o tecido barato. Mas o mais assustador era que uma terceira bala o atingira no olho, saindo pelo lado da cabeça. O crânio estava arrebentado, expondo uma massa sangrenta. Uma quantidade muito grande de sangue escorria pela terra da rua, se misturando na lama. Marcos deu um passo para trás, com o estômago dando saltos, lutando contra a vontade de vomitar. As pessoas, agora, chegavam de todos os lados, se interpondo entre ele e o morto. Ele se viu afastado da cena, meio perdido, até sentir que Jorge o pegava pelo braço.

— Olha, mano, acho que a tua visita terminou — disse Jorge. — É melhor você se mandar. Vou te levar até o ônibus, depois você pega o metrô. Isso aqui vai esquentar, vai dar polícia, é melhor estar longe.

A caminhada de volta foi em marcha acelerada, quase sem papo. Andando rápido no calor do conjunto habitacional, Marcos sentia o suor escorrer de seu rosto, encharcar a camiseta. Pelo menos lhe parecia que, suando tanto, melhorava o estômago, conseguia afastar a vontade de vomitar.

— Nunca pensei que tivesse tanto sangue dentro de uma pessoa — disse, e ao mesmo tempo percebeu que era uma bobagem. Ele já tinha aprendido, em biologia, quanto sangue há dentro de uma pessoa. Só que vê-lo escorrendo era outra coisa.

Jorge continuou em silêncio até o ponto do ônibus. Quando o ônibus já estava chegando, ele se voltou para Marcos.

— Pena que tenha acontecido isso — comentou. — Mas acontece sempre, todos os dias. Espero que tenha dado tempo de você sacar o grupo...

— Ah, deu, sim. — Marcos tentava fazer um esforço para pôr as coisas em foco. — Quer dizer, eu fiquei com uma ideia geral e... acho que comecei a sacar sobre o que é que vocês falam.

— Tá — despediu-se Jorge. — Depois eu apareço por lá pela casa do Pedro e a gente se fala.

Algum tempo depois, já no metrô, Marcos tentava relaxar. Sentado no banco de um carro meio vazio, olhava sem ver para um ponto do teto. Não conseguia racionalizar nada, ordenar nenhum pensamento. Mas, pouco a pouco, começou a ter a sensação de que o simples fato de se afastar dali em direção à avenida Paulista era um privilégio. Uma mistura de alívio e vergonha o percorria. Um pedaço de pensamento passou por sua mente: pela primeira vez tinha visto o que era, mesmo, não ter grana. Pensou em seu pai, no apartamento na Brigadeiro Luís Antônio, e olhou pela janela. O trem ainda corria na superfície e ele via as centenas de casinhas que compunham a paisagem.

19

Não conseguiu voltar direto para casa. Quando saiu da estação do metrô, na Paulista, o choque de rever os prédios, os carros, a arquitetura do poder o deixou ainda mais zonzo. Não tinha vontade de se trancar em casa, nem mesmo de encontrar Pedro. Era como se precisasse digerir aquela experiência, o que tinha visto e sentido, tentar se situar novamente em seu mundo. Saiu andando pela Paulista, entrou numa galeria, foi olhar uma loja de discos. Conhecia vagamente um dos balconistas da loja, já tinha ido lá muitas vezes, quase sempre acompanhando Pedro. Pegou um disco de rap, dos Racionais, o balconista deixou que ele ouvisse várias faixas. As letras agressivas, contando histórias da periferia, sempre temperadas com violência, ganhavam agora um outro sentido para ele. Deixavam de ser uma referência exótica, até engraçada, para ganhar um tom de verdade, de documento.

— Ô, cara, agora você gosta de rap? — perguntou o balconista. — Sempre vejo você e o Pedro com os CDs de trash ou de punk...

— É, sei lá... — resmungou Marcos. — As letras desses caras são legais.

— São muito legais — concordou o outro. — Tem uma aqui, quer ver...

O balconista pegou o estojo do CD e procurou um título. Em seguida, programou no player. Marcos ficou ouvindo, enquanto o outro se entusiasmava, explicando o sentido da letra. Marcos se surpreendeu, percebendo que estava sacando o universo daqueles rappers melhor que o rapaz da loja. Mas não falou nada, deixou o outro explicando, enquanto tentava se acostumar a essa nova compreensão das coisas.

Muito tempo depois passou pelo McDonald's e comeu um sanduíche, matando o tempo. Desceu lentamente em direção à sua casa, um pouco mais tranquilo. O trânsito de final da tarde já havia se intensificado, as ruas estavam meio engarrafadas com os carros buzinando e roncando motores, as pessoas andavam apressadas e mal-humoradas, os pontos de ônibus estavam cheios. A luz começava a cair, deixando áreas de sombra. Ainda faltavam algumas quadras quando viu Bete. Ela também caminhava apressadamente, do outro lado da rua. Antes de atravessar a rua e acelerar o passo para encontrá-la, Marcos ficou olhando a figura da moça na luz do crepúsculo. Ela usava botas brancas, que iam até o meio da perna, a minissaia de sempre exibindo as coxas grossas. A blusa era uma espécie de colante que moldava nitidamente os seios. Ela deixava a gola escorrer para um lado, descobrindo um dos ombros. Embora estivesse voltando para casa, o rosto estava, talvez, um pouco maquiado demais. O efeito geral era de uma inegável sensualidade. "Talvez um pouco óbvia demais", pensou Marcos. Quase imediatamente, passou-lhe pela cabeça um flash do rosto de Flávia dizendo "oferecida e de mau gosto". Mas foi só um flash e, em seguida, ele estava apressando o passo e atravessando a rua.

— Oi — disse Marcos, chegando ao lado de Bete.

Ela olhou, na defensiva. Mas reconheceu Marcos e abriu um sorriso doce, quase terno.

— Oi, Marcos — disse. — Me assustei.

— Você está indo para casa? — perguntou Marcos.

— Estou, sim. Por quê? — Ela sabia o que Marcos queria, mas fez uma expressão coquete.

— E hoje você não está apressada, não vai visitar sua mãe, vai? — ele insistiu, com alguma ironia.

Bete riu. Uma risada gostosa, de quem sabia do que Marcos estava falando e se divertia com isso.

— Não, querido, eu não vou visitar minha mãe nem mais ninguém. — Ela enfiou o braço no dele, apoiando seu peso em Marcos. — Hoje eu sou todinha sua... se você quiser...

Caminharam em direção ao prédio. Marcos sentia-se constrangido com a manifestação pública de Bete, tinha a sensação de que todos os olhavam, temia cruzar com algum conhecido, sobretudo seu pai. Mas a presença de Bete a seu lado, o contato com seu corpo, o deixava excitado, apesar de tudo. Ela parecia mais animada, alegre até. No entanto, as imagens do dia, a figura do rapaz assassinado, a favela, a Cohab, tudo ainda era muito recente e muito forte. Bete percebeu que havia alguma coisa.

— Alguma coisa errada, Marcos? — Bete perguntou, sempre agarrada a ele.

— Não, nada. É que... — Marcos hesitou e, em seguida, de uma vez, contou a ela as aventuras do dia.

Quando atravessaram o saguão do prédio, ele terminava sua história. Subiam as escadas enquanto ele descrevia o rapaz morto, o sangue. Bete parou no topo da escada, voltou-se para ele, muito de perto, o rosto muito próximo.

— Essa gente que mora na favela é assim mesmo — disse ela. — Vivem se matando, são todos ladrões e traficantes. Eu vi muito disso aí quando eu era criança e é por isso que eu não quero nunca voltar nem para perto daquilo. Essa gente não presta, Marcos, e você, gracinha, não devia se meter com eles e nem ir na periferia, na favela. Um menino tão... Tão educado que nem você...

Bete estava agora colada a ele, o rosto roçando o de Marcos. Ela o abraçou com força e o beijou na boca. Marcos estava irritado com o que Bete dissera. Não entendia como ela podia ter essas opiniões. Mas o corpo dela colado ao seu, a língua em sua boca, faziam com que todas as considerações se dissolvessem numa poderosa onda de tesão. Com um risinho, Bete se afastou dele, abriu a porta do apartamento. Entraram e novamente se abraçaram. Ainda uma vez Bete interrompeu.

— Espera um pouquinho, querido — disse ela. — Senta aí na sala, que eu já venho.

Ela entrou pelo corredor. Marcos cambaleou até o sofá, o corpo todo gritando de desejo. Sentou-se e deixou os músculos relaxarem. A respiração forçada, o coração disparado, tentou se acalmar, enquanto os olhos percorriam a sala. Nas duas vezes que havia estado ali não tinha reparado na sala. Agora, ainda que agitado pelo desejo e, ao mesmo tempo, contrariado com a opinião de Bete sobre o que vira naquele dia, olhava a sala. A luz do final da tarde tornava ainda mais melancólica a imagem daqueles móveis feios e empetecados, as diversas estatuetas de cerâmica representando cachorrinhos, pretos velhos e anões, espalhados sobre a mesa de centro, o bufê, a televisão, os quadros de feira pendurados na parede. Havia algum dinheiro empregado naquela sala, talvez mais que na de seu apartamento. Mas o resultado geral era de um mau gosto ostensivo, quase sufocante. Não percebeu quando Bete, silenciosamente, entrou de novo na sala.

— Oi, gracinha — ela disse, fazendo pose. Estava descalça e vestia apenas uma camisola curta e transparente. Na mão, ela trazia um preservativo.

Marcos levantou de um salto. Ao ver o corpo de Bete desenhado através da camisola, o desejo cresceu de novo, apagando a imagem da sala e suas opiniões sobre ela. Sem falar mais nada os dois se abraçaram ali mesmo. Transaram no sofá, as roupas de Marcos espalhadas pela sala.

Lá fora já estava escuro. Marcos se ajeitou no sofá, apoiando a cabeça no encosto, as pernas ainda enlaçadas com as de Bete. Relaxado, sentia as imagens do dia, momentaneamente afastadas pela urgência do sexo, voltarem lentamente. Menos assustadoras, talvez, reduzidas pela distância. Mas presentes, mesmo naquele momento em que sua mão ainda repousava no seio de Bete. Ela se mexeu.

— Ei, Marcos! — Bete falou, com uma voz brincalhona. — Você parece tão longe... será que ainda está pensando nos teus amigos favelados?

— É... de certa forma — disse ele. — Confesso que eu fiquei impressionado.

— Esquece. — Bete fez um gesto, como se afastasse as imagens com a mão. — Deixa essa gente lá, que é o lugar delas. Pensa em mim, que vou ficar aqui por muito tempo... aqui, bem pertinho de você.

Ele entendeu que Bete estava dando uma informação nova. Então, o perigo de perder o apartamento devia ter sido afastado.

— É por isso que você estava tão contente. Não vai mais precisar se mudar? — perguntou ele.

— Não. Vou ficar mesmo por aqui — ela respondeu, com um sorriso divertido.

— Mas... — Marcos tentava entender.

— É o seguinte, garotão — Bete se sentou no sofá, desembaraçando as pernas das dele. — Eu arranjei quem continue a pagar meu aluguel...

— Como assim? — perguntou Marcos.

— Tem um velho... um senhor de uns sessenta anos, o nome dele é Adalberto — ela contava com certa ponta de orgulho. — Ele dava em cima de mim fazia muito tempo, sabe, ele mora ali perto do salão. Aí eu saí com ele, outro dia, e... pronto.

Marcos ficou quieto. Ele estava, na verdade, chocado com a informação. Para sua própria surpresa, percebeu que o que sentia não era ciúme. Era mais a impressão de que alguma coisa estava errada, fora de lugar.

— Mas... — Ele tentava ordenar os pensamentos. — Você vai continuar saindo com ele, ele vai vir aqui...

— Não, ele não pode vir aqui — Bete atalhou. — Ninguém pode nos ver juntos, ele e eu, aqui por perto, o velho tem família, isso tudo. Ele me pega de carro em algum lugar longe daqui, a gente vai para um motel.

Ela contava com a maior naturalidade, como se falasse de um novo emprego. Marcos olhava o seu rosto feliz, sem compreender.

— Mas... e nós? — acabou por perguntar.

— Não tem nada a ver — disse ela. — Isso que eu te falei é para resolver a minha vida, não tem nada a ver conosco, gracinha. Você é o meu garotão, eu gosto de estar com você. Só que eu tenho que viver, resolver minha vida, não é? Eu vou continuar aqui e a gente se encontra sempre que quiser.

Marcos ficou quieto. As coisas estavam ficando muito mais complicadas do que havia pensado. Não conseguia formular claramente, mas não gostava do que estava acontecendo. Começava a enxergar um aspecto de Bete que não lhe agradava. Não podia contestar: ela ficava horrorizada com a ideia de voltar para seu bairro de origem e estava lutando com as armas de que dispunha. Entre elas, o próprio corpo. Principalmente depois do que havia visto mais cedo, na favela, Marcos não conseguia criticá-la. Talvez valesse mesmo jogar pesado, jogar com tudo o que você tem para se manter longe daquilo lá. Está certo que o Jorge, com todas as chances que tem, continua morando lá. Mas as pessoas são diferentes. Bete, sem dúvida, tinha suas razões. Na verdade, o que não estava agradando Marcos era seu papel naquele enredo.

— Você me chamou do que mesmo? — perguntou ele. — Garotão?

— É, garotão... — respondeu Bete, sorrindo. — Agora, você é o meu homem, quem sabe a gente pode sair no fim de semana, ir nuns bailes por aí, voltar de madrugada para cá...

Marcos ficou gelado. Nunca tinha pensado em desdobramentos como esse. De repente percebeu que, para ele, Bete ficava num departamento separado, assim como que entre parênteses, enquanto ele continuava tocando sua vida de adolescente classe média. Nesse

mundo, no seu mundo, não havia lugar para ela. Por uma fração de segundo sentiu como se uma lâmina gelada cortasse seu peito: pensou se Priscila não sentia exatamente o mesmo em relação a ele. Ainda assustado com a possibilidade, ele se afastou de Bete, procurou suas roupas, ainda sentado.

— Ei, que foi que eu fiz? — perguntou ela. — Não vai me dizer que você está com ciúmes do velho Adalberto, vai?

Havia uma expectativa divertida no rosto de Bete. Marcos se sentia totalmente incapaz de dar forma ao que estava pensando e sentindo. Primeiro, porque tinha medo de magoar Bete. "Como Priscila tem feito comigo", pensou e afastou depressa o pensamento. Segundo, porque não sabia como explicar direito aquela sensação. Achou mais fácil concordar com ela.

— É, eu não gosto da ideia — resmungou.

Ela se levantou do sofá e o enlaçou com as pernas, sentando em seu colo. Segurou sua cabeça e falou muito de perto. Marcos sentia seu hálito quente e carregado de sensualidade.

— Mas, gracinha — disse Bete. — Já falei que não tem nada a ver conosco. Eu não sinto nada pelo velho, mas preciso da grana dele. É simples. Agora, entre nós é diferente...

Ela o beijou, abraçando-o com força. Caíram de novo sobre o sofá. Marcos não tinha como resistir à sensualidade selvagem, primitiva, que o envolvia.

20

Marcos e Pedro desceram para o pátio do colégio. O pátio estava cheio de gente, mas os dois caminharam para um canto. Fazia dias que eles só conseguiam conversar sobre os acontecimentos da favela, da aventura de Marcos no mundo do rap, como dizia Pedro. Jorge ainda não tinha reaparecido e Marcos se preocupava.

— Será que aconteceu alguma coisa, cara? — Marcos se encostou na grade.

— Com o Jorginho? — perguntou Pedro. Não esperou resposta. — Não acredito. Se tivesse pintado uma ruim, o pessoal do estúdio já estava sabendo. Eles sempre sabem tudo das bandas.

— Já faz uns três dias — comentou Marcos.

— O cara às vezes some, quinze dias até — disse Pedro. — Ele tem que se virar. Mas, o que você achou do grupo, do Fator Radical?

— É muito bom, cara, muito bom — disse Marcos.

— Não sei se eu fiquei muito influenciado pelo ambiente, mas o rap deles tem um impacto, uma força... saca, no mesmo dia eu fiquei naquela loja lá da Paulista, ouvindo uns CDs de rap... e eles não fazem feio, são tão bons quanto os Racionais...

Marcos viu Flávia, de longe. Ela estava num grupinho, em frente ao balcão da lanchonete. Ele percebeu que Flávia havia olhado umas duas ou três vezes na direção dele. Em seguida ela se afastou do grupo e Marcos a perdeu de vista no meio das pessoas. Continuou a conversar com Pedro até que este lhe sinalizou, com o olhar, uma direção. Marcos olhou e Flávia estava lá, parada no meio do pátio, olhando para ele.

— Eu acho que tem alguém querendo falar com você — disse Pedro. — É melhor eu me mandar.

Pedro foi saindo. Na passagem, cumprimentou Flávia, que mal o olhou. Ao ver Marcos sozinho, ela avançou na direção dele. Parou em frente a Marcos, os dois se olhando fixamente.

— Oi! — disse Flávia.

— Oi... tudo bem? — respondeu Marcos, hesitante.

Os dois continuaram se olhando por um tempo, sem dizer palavra. Flávia baixou os olhos, sorriu, meio sem graça.

— Sabe... — disse ela. — Eu queria pedir desculpas... eu fui meio grossa, semana passada...

Por um momento, Marcos ficou sem saber o que dizer, surpreso. Não esperava por um pedido de desculpas.

— Claro, Flávia... eu... — Marcos procurava as palavras. — Eu pensei que você estava brava comigo, me evitando.

— É que... — Ela o olhou e sorriu. — Eu fiquei mesmo brava. Mas depois... sabe, eu não tinha por quê... eu não tinha direito de ficar brava. Aí eu fiquei meio sem graça e não sabia como consertar... daí...

Marcos sentiu uma onda de alívio e de contentamento. Seu rosto se iluminou.

— Que bom que você... — As palavras se atropelavam. — Eu fiquei pensando, sabe, eu falei um monte de coisas sem pensar, aquele dia, eu não devia... Puxa, eu estava sentindo tanta falta de conversar com você!

Flávia sorriu, o rosto também iluminado.

— Eu também. Olha, eu não tenho que me meter com a tua vida... nós somos... amigos — disse ela. — Vamos sentar naquele banco?

Os dois sentaram-se num banco que tinha ficado vago no canto do pátio. Marcos ainda estava confuso, com vontade de contar tudo o que lhe acontecera por esses dias e com medo de estragar tudo de novo.

— Sabe, Flávia — disse ele —, eu despejei meus problemas em cima de você... eu estou confuso, atrapalhado com um monte de rolos, mas eu não queria que isso nos afastasse... eu que devia pedir desculpas.

— Deixa pra lá... — Flávia sorriu para ele. — Eu descobri que eu quero mesmo saber o que rola com você... e ficar por perto, mesmo que...

Marcos não pegou de imediato o sentido do que ela estava dizendo. O que permanecia era o contentamento de poder conversar com ela, olhar seu rosto e sorrir. Ou ficar calado, sabendo que se entendiam.

— Esses últimos dias eu quase não saí de casa — continuou Flávia. — Fiquei estudando, porque, você sabe, eu não vou lá muito bem em matemática... E acabei tendo muito tempo para pensar...

— Puxa, foi tanta coisa que rolou esses dias — disse Marcos. — Quase não deu para pensar em nada... mas eu senti mesmo a tua falta.

Flávia pôs a mão no braço dele e apertou de leve, num gesto que podia ser apenas de amizade, mas carregado de carinho.

— Me conta o que rolou — pediu ela. — Tenho visto você e o Pedro em conversas intermináveis... confesso que fiquei curiosa...

Marcos tentou organizar os pensamentos com cuidado, procurando não criar outra situação desagradável. Mas logo começou a despejar, com muita rapidez, as histórias do Velho, de Jorge, da Internet, do grupo de rap e da favela.

— Pera aí, Marcos — riu Flávia. — Eu já estou misturando tudo. Vai com calma, uma coisa de cada vez!...

Ele respirou fundo e recomeçou a falar do Velho.

— Parece ser um cara bem legal, esse — comentou Flávia.

— Ele é muito legal — disse Marcos. — Você podia ir comigo lá, na próxima vez...

Ele parou, inseguro sobre se devia tê-la convidado mesmo, com medo de ter avançado um sinal que não sabia bem qual era.

— Claro que eu vou — disse ela. — Deve ser interessante e... cara, essas coisas que você anda fazendo são tão mais legais do que tudo o que tem rolado comigo. Não aguento mais festinha, shopping center e jogo de vôlei...

O sorriso de Marcos se tornou ainda maior. Pela primeira vez em muito tempo, e sem conseguir definir direito por quê, ele se sentia realmente bem. Começou a contar da sua incursão à periferia, do Fator Radical, quando o sinal de volta às aulas tocou.

— Puxa, já? — comentou Marcos. — Ainda tem tanta coisa...

— E eu quero saber tudo — sorriu Flávia.

— Hoje, no fim das aulas, você... — ele começou a dizer.

— Eu não vou fazer nada depois da aula — atalhou Flávia. — A gente pode sair junto da escola.

— Combinado — disse Marcos. — Vamos comer um sanduíche e... conversar.

— Legal. — O rosto de Flávia estava radiante, um pouco ruborizado, até. — Depois da aula. Agora eu tenho que dar um pulo na biblioteca...

Os dois se levantaram e Flávia saiu andando para o meio do pátio. Marcos ficou parado, olhando para ela, sem pensar em mais nada. De repente, a alguns passos de distância, Flávia parou, olhou para ele e perguntou:

— E aquela outra lá... a cabeleireirazinha?

Marcos sentiu uma fisgada fria no estômago. Lá vinha aquela história para atrapalhar tudo. Resolveu não enfeitar.

— Ainda está rolando, mas...

— Mas...? — insistiu Flávia.

— Mas não está legal... — Sentia-se, outra vez, confuso. — Eu não estou legal nessa.

Flávia ainda olhou para ele, por um momento, séria. Em seguida, seu rosto se abriu num sorriso confiante, decidido.

— Bom — disse ela. — Depois da aula, então. Tchau.

Ela voltou-se e continuou a andar. O passo elástico, quase saltitando de contentamento, falando alegremente com as pessoas que cruzava. Marcos ficou olhando, novamente confuso. Só que, dessa vez, a confusão não chegava a estragar o bem-estar que sentia.

21

Marcos via, além da bateria e dos outros membros da banda, o bar ainda bastante cheio. A performance do artista plástico que os contratara já tinha acabado havia algum tempo, mas as pessoas continuavam por ali, embora já passasse da meia-noite. Ele já se sentia um tanto cansado, quando viu Flávia cruzar a porta do bar, com mais duas amigas. Elas se aproximaram da banda e

Flávia deu uma piscada para ele. Marcos sentiu as energias voltando e atacou a bateria com mais entusiasmo. Percebeu que o guitarrista, entre espantado e divertido, olhou para ele e, em seguida, o acompanhou na mudança de ritmo.

Na véspera, quando ele chegou em casa, tinha um bilhete em cima da mesa. Imaginou que seu pai devia ter pego o bilhete na caixa de correspondência, no saguão, e levado para o apartamento. O bilhete dizia: "A Lethal Project foi contratada por um maluco que vai fazer uma performance trash num boteco da Vila. Ele paga, deve dar uns trezentos paus pra cada um. Se você topar, deixa recado no estúdio".

Marcos amassou o bilhete na mão e resmungou:

— Trezentos paus... com o desconto dá pra pagar a mensalidade da escola e ainda sobra um pouco...

A performance tinha sido muito estranha, o cara pulava e se retorcia, jogava tinta na lona que tinha estendido dentro do bar, na garota que o acompanhava e até na plateia, tudo ao som meio alucinado da banda. Mas a plateia parecia gostar. O bar estava cheio e todo mundo acompanhava a ação balançando no ritmo furioso do rock. Depois a performance acabou, ou o artista ficou cansado, Marcos não sabia direito. O público continuou dançando e bebendo. Quando Flávia chegou, parte da plateia já tinha ido embora, mas ainda havia gente suficiente para justificar a continuidade do show.

Flávia e suas amigas ficaram dançando, balançando o corpo em frente à banda. Marcos se sentia bem, com vontade de tocar a noite inteira, olhando para Flávia e sorrindo. O suor escorria pela sua testa, empapava a camiseta, ele já sentia muita sede, mas a energia fluía pelos braços, mantendo o ritmo. Os grunhidos do vocalista estavam mais roucos que de hábito, mas eles não paravam. Marcos tinha vontade de descer para falar com Flávia, mas, ao mesmo tempo, o encantamento de estar ali, embalado pelo ritmo, indo junto com a banda, era mais forte. Os três ou quatro ensaios que tinha feito com a Lethal Project depois daquele primeiro dia tinham servido para criar um entendimento básico entre ele e os outros. Às vezes percebia que precisava de mais entrosamento, mas, no geral, dava para acompanhar bem.

Algum tempo depois, o vocalista se voltou para ele e fez o sinal combinado para interromperem a apresentação. Seguindo o guitarrista, Marcos acompanhou os acordes ensaiados e fez a parada. Um segundo de súbito silêncio foi logo rompido pelos gritos do público, uns aplaudindo, outros protestando contra a interrupção. O vocalista gritou ao microfone:

— Só uns quinze minutos, pessoal! A gente volta, mas agora tamos precisando dum *break*!

— Tem uns bagulhos lá atrás para nós — disse o baixista.

— Tá bom, depois eu vou lá — respondeu Marcos, saindo de trás da bateria e indo direto para onde estava Flávia.

— Oi — disse ela, estendendo-lhe uma latinha de refrigerante.

Marcos pegou a lata, deu um beijo no rosto de Flávia e, em seguida, tomou um longo gole. Enquanto cumprimentava as outras duas meninas, Flávia se dirigia a ele.

— O show tá bem legal, Marcos. E você está tocando muito, cara. Parece um profissional.

— Espero ser um bem depressa — brincou ele. — Mas ainda falta muito chão. Vocês vão ficar até o fim do show?

— Não vai dar, Marcos — disse Flávia. — Bem que eu queria, mas, na verdade, não dava nem para a gente ter vindo. Mas não deu para resistir... eu precisava te ver tocando...

Marcos ficou olhando para Flávia, encantado. E paralisado. Ela se aproximou e deu-lhe um beijo no rosto, um beijo carregado de intenções, bem diferente dos beijinhos de cumprimento. Em seguida se afastou dele, com um sorriso carregado de significados.

— Agora vai encontrar teus companheiros de banda — disse ela. — Eles te chamaram lá para dentro, não foi?

— É... — disse Marcos, meio atordoado. — Depois eu te encontro aqui?

— Não, Marcos, esquece — disse Flávia. — A gente vai ter que se mandar logo. Depois a gente se fala.

Ele ainda hesitou um pouco, deu um tchau para Flávia e entrou por trás do pequeno palco. Uma porta estreita e baixa levava a uma sala abafada, que fazia as vezes de camarim. Os outros integrantes da banda, um dos donos do bar e um carinha que ajudava na produção estavam em torno de uma mesa, onde havia sanduíches, salgadinhos, cerveja e refrigerante.

— Pega um aí, cara, que ainda tem trampo pela frente — disse o baixista.

Marcos pegou um sanduíche e reparou que, num canto da mesa, o guitarrista e o carinha da produção se debruçavam sobre alguma coisa. O guitarrista notou sua atenção.

— Quer uma, cara? — perguntou, mostrando sobre um papel um pequeno monte de pílulas coloridas. — Ao lado, o rapaz da produção ajeitava sobre a fórmica da mesa, com a ajuda de uma gilete, um pó branco.

Marcos olhou, com curiosidade.

— Ecstasy, cara. Uma bola que levanta até defunto — disse, levando uma pílula à boca. — Legal pra ficar bem ligado.

O outro aspirou o pó, com a ajuda de um canudo curto. Marcos ficou sem graça, com os outros olhando para ele.

— Nunca experimentou, cara? — perguntou o produtor. — Muito legal, você fica, assim, bem *high*...

Subitamente, Marcos teve medo. Estava curioso, talvez fosse mesmo legal. Mas, pensou, sua vida já estava tão complicada e...

— Não, cara, deixa pra lá — disse Marcos. — Eu acho que eu sou mesmo meio careta... quem sabe outro dia?

— Na boa, meu, sem grilo — disse o guitarrista. — Se você acha que dá para segurar de cara limpa, tudo bem.

Algum tempo depois, eles voltaram para o palco. Antes de começar a tocar, Marcos procurou Flávia na plateia. Ainda restava bastante gente, mas ela já havia ido embora. Ele se sentiu um pouco decepcionado. No entanto, quando começaram a tocar e a massa de som o envolveu, todas as coisas foram ficando menos importantes. A música era a única coisa que importava e Marcos conseguia se sentir quase inteiramente feliz naquele momento, totalmente concentrado no que fazia.

22

A luz do dia já estava baixando e o ruído forte do trânsito de fim de tarde entrava pela janela. Marcos saiu de seu quarto de bermuda e camiseta, cabelo penteado, segurando os tênis na mão. Foi até a área de serviço, procurou um par de meias secas no varal. Estavam todas um pouco úmidas. Escolheu a que estava ligeiramente mais seca e foi para a sala. Sentou no sofá para calçar os tênis. Seu pai estava, como de hábito, sentado à mesa mexendo com papéis. Pareciam currículos. Marcos olhou para ele, mas o pai não levantou os olhos. Marcos deu de ombros, calçou os tênis e saiu.

Desceu as escadas e bateu no apartamento de Bete. Desde a última vez, no dia em que ela lhe contara do outro sujeito, do que pagava as contas, ele não tinha voltado a falar com ela. Continuava confuso. Na verdade, a confusão só havia aumentado: sua recente reaproximação com Flávia e o encantamento que começava a surgir tornavam a relação com Bete mais problemática ainda. Mas ele sentia necessidade de conversar com ela. A lembrança de Bete lhe trazia desejo, mas precisava esclarecer as coisas. Esclarecer como, não sabia, porque não sabia direito o que achava daquilo tudo.

Ninguém respondeu no apartamento. Insistiu durante algum tempo, pôs o ouvido na porta para tentar escutar se havia alguém em casa. Não ouviu nada. Olhou o relógio e imaginou que Bete poderia ter retardado um pouco o fechamento do salão. Resolveu ir até lá.

Caminhou pelas ruas próximas, novamente num final de tarde. Gostava daquele momento em que as pessoas estão voltando para casa, dando às ruas uma vivacidade nervosa. Geralmente era uma hora em que ele podia se comportar como espectador, porque já tinha feito tudo o que precisava fazer no dia e podia deixar o tempo passar sem ansiedade. Mas naquele dia, em particular, não conseguia prestar muita atenção no ambiente e nas pessoas. Sua cabeça ficava dando voltas em torno de Bete e de seu caso com ela.

Olhou para trás e viu, na janela de seu apartamento, seu pai acender a luz e voltar para a mesa. Passou-lhe pela cabeça a ideia de conversar com ele sobre essa história toda. Na situação atual era impossível, não estavam trocando nem bom-dia. Além disso... tinha a impressão de que o mundo dele era outro. Lembrava de uma conversa entreouvida tempos atrás, antes de se mudarem. Seu pai e seu tio, irmão de sua mãe, numa festa de fim de ano, já meio altos, falavam de seus tempos de juventude. A lembrança era nebulosa, talvez ele fosse ainda muito pequeno para entender direito. Mas o que lhe ficara tinha sido a ideia de que, naquela época, era comum para os jovens ter uma namorada, com a qual não passavam dos abraços e beijinhos, e frequentar as prostitutas. Talvez, até, ter uma delas como amante, sem se importar, evidentemente, se ela ia com outros homens.

Continuou a caminhar, olhando para o chão, tentando reconstruir aquele diálogo. Mas não conseguia ir além disso, dessa ideia de um mundo onde o sexo não tinha muito a ver com os sentimentos, onde havia determinadas mulheres que podiam ser usadas e outras que não podiam. Lembrar disso só lhe aumentava a confusão: não sabia mais se as coisas ainda eram assim, se ele é que era meio diferente ou se o mundo havia mesmo mudado.

Já estava perto do salão. Levantou a vista e viu Bete trancando a porta da loja.

— Bete! — chamou.

Ela parou, com a chave na mão, olhou para ele. Por um momento pareceu alarmada, olhou rapidamente para o outro lado da rua, hesitou, e veio na sua direção. Marcos seguiu o olhar dela: do outro lado da rua um carro estava estacionado. Um carro grande, talvez um Opala de modelo antigo. No volante, um homem de cabelos brancos, rosto enrugado. Marcos teve a impressão de que o outro devia ter bem mais de sessenta anos. Bete chegou perto dele.

— O que é que você está fazendo aqui? — ela perguntou, a voz áspera.

— Bem... — Marcos hesitou. — Eu tinha ido até o teu apartamento... você não estava e eu pensei...

— Pensou errado, garoto — a voz de Bete era decididamente agressiva. — Desse jeito você me prejudica, atrapalha minha vida.

— Desculpa, Bete — disse Marcos. — Eu só queria conversar...

— Não vai dar mesmo, cara — ela olhava para o carro por sobre o ombro. — Só espero que o Adalberto não tenha reparado. Ele é ciumento e eu não posso facilitar. É melhor você se mandar.

Ela voltou as costas para Marcos e foi, pisando duro, terminar de trancar a porta. Ele ficou paralisado, sem saber o que fazer. Recuou para a porta de um bar, que estava às suas costas, e ficou olhando. Bete terminou de trancar o salão e atravessou a rua em direção ao carro, sem olhar para trás. O velho abriu a porta do passageiro para ela. Bete entrou e Marcos viu que, antes de dar a partida, o outro perguntava-lhe alguma coisa. Bete respondeu e os dois discutiram. O velho deu partida no carro, arrancou com violência, ainda que sem cantar os pneus. Marcos ainda teve tempo de ver Bete se aproximar dele, para beijar-lhe o rosto, com ar de sedução.

Marcos ficou um longo tempo parado na porta do bar. Olhava o movimento da rua sem ver nada. Um sentimento ruim, amargo, de despedida e de fim de alguma coisa, o dominava. Lembrava de uma sensação semelhante quando tinham se mudado, obrigados a deixar o apartamento em que passara sua infância. Ou quando soube que sua mãe ia embora, não ia mais morar com eles. Para ele, ainda era uma sensação nova, difícil de lidar. Derrota, perda, impressão de não ter feito alguma coisa que deveria. Enfiou as mãos nos bolsos da bermuda e começou a voltar lentamente para casa.

23

Marcos encostou-se num carro estacionado em frente à escola, do outro lado da rua. Ficou olhando a saída dos alunos. Mal tinha conseguido prestar atenção nas aulas, estava com a cabeça cheia. Logo no primeiro intervalo tinha sido chamado pela assistente social. Mais um pouco de conversa e a informação: seu pedido de desconto tinha sido aprovado. Com o dinheiro que ganhara na apresentação da banda de alguns dias atrás dava para pagar a mensalidade. Ele se sentiu bem, contente de ter sido capaz de resolver aquele problema. Uma percepção de que havia aspectos de sua vida que ele podia resolver sozinho, a partir de sua própria iniciativa, sem depender dos outros. Sobretudo sem depender do pai ou do irmão.

A excitação da descoberta misturava-se a um outro problema que vinha crescendo nos últimos dias. Cada vez mais sentia-se próximo de Flávia, feliz de estar com ela. Nada tinha ainda acontecido entre os dois, mas ele a via agora de um jeito diferente. No entanto, não conseguia pôr Priscila de lado. Na verdade, não conseguia afastar um velho hábito, a ideia de estar apaixonado por Priscila, que lhe acompanhava fazia quase dois anos. Viu Pedro sair da escola e vir em sua direção.

— Oi, Marcos, onde é que você se meteu? — perguntou Pedro. — Não te vi no intervalo... e na aula você estava desligadão, longe...

— É, cara, eu fui falar com a assistente social — respondeu Marcos. — Sabe aquela história do desconto? Pois é, saiu!

— Legal, cara, muito legal — comentou Pedro. — Quer dizer que resolveu?

— Bom, este mês, tudo bem — disse Marcos. — Mas eu vou ter que continuar conseguindo descolar uma grana todo mês para completar...

— Mas vai dar, com certeza — animava-se Pedro. —

Olha, o fanzine está quase pronto para imprimir. E o Edu... o Velho, sabe... ele me telefonou dizendo que já montou uma página para pôr na Internet. A gente só precisa sentar com ele, para definir o conteúdo.

— Legal — comentou Marcos. — Mas... quando é que a gente vai ver alguma grana?

— Bem... — Pedro pensou um pouco. — Com o número zero do fanzine pronto, inclusive na Internet, a gente pode ir conversar com algumas lojas, bandas, até gravadoras. Algum vai sair daí... Ah, e o Jorge apareceu, tá tudo bem com ele.

— Que bom — disse Marcos. — A gente precisa conversar com ele... o fanzine pode dar uma força para o grupo, para o Fator Radical...

Os dois ficaram calados por um tempo.

— Mas você ainda não me contou por que anda tão aéreo... — provocou Pedro. — Vamos até a lanchonete, comer um sanduíche e a gente conversa...

— Acho que não vai dar, cara... — Marcos olhava a saída da escola.

— Ih, estou sacando. — Pedro riu, com alguma ironia. — Olha lá, a Priscila está saindo. Vai lá... quebrar a cara...

— Obrigado pelo incentivo. — Marcos não conseguia se irritar com o amigo. — Eu vou mesmo lá.

Atravessou a rua. Pedro ficou olhando, depois deu de ombros e foi embora. Marcos se aproximou de Priscila, que estava numa rodinha de amigas.

— Oi, Priscila — ele a chamou.

Ela se voltou, com uma expressão contrariada. As outras meninas do grupo olharam para ele com ar de gozação.

— Que foi, Marcos? — A voz de Priscila estava seca, cortante.

— Queria falar com você. Vamos andar um pouco? — Marcos convidou.

Ela ficou calada por um momento, com ar de quem

está sendo incomodada. Em seguida se afastou das amigas, chegando perto de Marcos. Quando falou, o fez em voz baixa, contida, sem expressão.

— Olha, Marcos, não vai dar mesmo.

— Eu só queria... — Marcos gaguejou diante da secura da outra.

— Eu agradeço muito que você tenha feito aquele trabalho para mim — ela continuou. — Mas, por favor, não fica me incomodando a toda hora. Eu tenho mais o que fazer e você... perturba um pouco.

Marcos ficou momentaneamente mudo com a quase grosseria de Priscila. Fez um gesto vago e não achou nada para dizer.

— Além do mais, eu não poderia mesmo sair agora com você — Priscila acrescentou o golpe de misericórdia. — Eu estou esperando o meu namorado, o Carlos Eduardo, que vem me buscar com o carro novo dele, e eu não quero que ele me veja com ninguém.

Marcos só conseguiu balbuciar algumas desculpas quase inaudíveis. Priscila deu-lhe as costas e voltou ao grupo de amigas, que a saudou com risadinhas agudas. Marcos ficou parado por algum tempo e, em seguida, tornou a atravessar a rua, arrasado, cabisbaixo. Afastou-se da porta do colégio, encostou-se num carro mais distante e tentou se refazer.

Algum tempo depois, viu Priscila entrar num carro importado, novo e reluzente em suas linhas esportivas. Olhou para o chão e não viu eles passarem por sua frente. Apenas, no limite da visão, a massa metálica do carro. Quando levantou os olhos, bem mais tarde, viu Flávia, que o olhava de longe, parada em frente ao portão da escola, agora quase vazio. Olharam-se durante um longo momento. Em seguida, ela veio andando na sua direção.

— Oi — disse Flávia, depois de parar em frente a Marcos.

— Oi — respondeu Marcos, olhando para ela.

Ela o examinou, com um sorriso contido.

— Você não parece nada bem — disse Flávia.

Marcos ficou quieto por mais uns instantes. Em seguida pegou Flávia pelos braços, suavemente. Segurando os livros com a mão direita, ela não reagiu.

— Muito bem, Flávia, é o seguinte — disse Marcos. — Eu acabei definitivamente com a Bete e não quero mais saber da Priscila. Você quer namorar... ficar... sei lá o quê... comigo?

O sorriso de Flávia foi se abrindo, lentamente. Então ela deu um passo à frente e, com o braço esquerdo, abraçou Marcos. Eles se beijaram na boca.

Um grupo de colegas, que só agora estava saindo da escola, parou do outro lado da rua e, olhando para eles, aplaudiu, fazendo a maior algazarra. Eles pararam de se beijar por um momento, olharam para os colegas e, aceitando a brincadeira, agradeceram. Depois se abraçaram de novo e voltaram a se beijar.

24

O Velho acionou o mouse no programa de acesso à Internet. Pedro se inclinava sobre seu ombro. Marcos e Flávia, de mãos dadas, de pé um pouco mais atrás, também tinham sua atenção totalmente atraída pela tela do monitor que zumbia sobre a mesa. Era como se todos os outros vídeos e equipamentos da sala tivessem mergulhado na penumbra e apenas aquela grande tela existisse.

— Agora eu vou acessar o *site* do fanzine — anunciou o Velho.

— Vamos ver, vamos ver — entusiasmava-se Pedro.

A tela piscou e, em seguida, apresentou uma imagem muito colorida, onde o desenho de Marcos, de um garoto bem caricatural tocando guitarra, ocupava a parte central, como se estivesse saindo de dentro de uma página rasgada. O título "TRASH", em letras distorcidas, ocupava a parte de cima da tela, dando a sensação de estar um pouco atrás do guitarrista. Espalhados pela tela, outros títulos anunciavam: rock, reggae, rap, bandas, oportunidades. Ao lado de cada um desses títulos, um botão com formato de guitarra piscava. Pelos alto-falantes do sistema multimídia soou um solo de guitarra, seguido pela bateria, dando introdução a uma música de rock pesado.

— Animal! — comentou Pedro, soltando a respiração.

— Muito legal — disse Flávia, aproximando-se da mesa.

Marcos também chegou mais perto e o Velho afastou sua cadeira para o lado, dando espaço para eles.

— Cada botão desses leva a uma página diferente? — perguntou Pedro.

— É isso — respondeu o Velho. — E tem esse aqui embaixo, à esquerda, que é um pouco maior e onde está escrito "Help". Se você clicar aqui, abre um box de instruções sobre como navegar no fanzine.

Pedro pegou o mouse e começou a clicar nos botões, fazendo surgir outras telas. Em todas havia pelo menos um desenho de Marcos e a música de fundo mudava. Mas os locais reservados para textos e fotos estavam vazios.

— E esses espaços aí? — perguntou Flávia.

— Para preencher isso aí é que eu preciso dos conteúdos que vocês irão me passar — disse o Velho. — Veja: aqui entram textos, artigos, entrevistas. Nesses outros espaços, fotos e, até mesmo, trechos de clipes, com movimento e tudo. Cada vez que você chamar alguma coisa, a música muda. E aqui, nesses outros botões, vocês podem chamar as músicas marcadas.

Pedro puxou uma cadeira e sentou em frente ao monitor, tomando conta do mouse e do teclado, totalmente envolvido. Marcos e Flávia olharam um para o outro com um sorriso.

— Deixa ele se divertir — disse ela baixinho ao ouvido de Marcos.

Os dois recuaram e começaram a olhar o que havia na sala. O interesse de Flávia foi imediatamente atraído por uma foto emoldurada na parede. Era de um show de rock num terreno aberto, com muita gente vestida com roupas de um outro tempo. O palco estava no fundo da foto, nem dava para ver quem estava tocando. No primeiro plano, ocupando só a lateral de baixo da imagem, aparecia um rapaz magro, de barbas e cabelos compridos, vestindo um camisão largo e fazendo um gesto para a câmera, com os dedos em V.

— Woodstock — disse o Velho, aproximando-se dos dois.

— E esse aqui? — apontou Marcos. — Parece...

— Esse sou eu — disse o Velho, rindo. — Uma outra vida atrás...

— Puxa, você... — começou a dizer Flávia.

— ...eu era magro e tinha cabelos pretos — completou o Velho rindo. — Parece inacreditável, mas eu também já fui um garoto, como vocês...

— Eu ia dizer: puxa, você esteve lá, em Woodstock... — respondeu Flávia, entrando na brincadeira. — Eu vi o filme, em vídeo. Parece que foi muito legal.

— É, foi... — disse o Velho, pensativo. — Foi um sonho, quer dizer, parte de um sonho que rolou naquela época.

— E qual era esse sonho? — perguntou Marcos.

— Era um sonho de mudar o mundo, de transformar as pessoas — respondeu o Velho.

— Mas... mudar como? — atalhou Flávia.

— Pra falar a verdade, era uma coisa bem vaga — disse o Velho. — Era a ideia de chegar num mundo sem guerras, onde não houvesse muita competição, onde as pessoas valessem pelo que são e não pelo que têm... e onde todo mundo pudesse ficar na sua, curtindo em paz. Enfim, paz e amor, bicho.

— O mundo não mudou nada, então — disse Marcos.

— Mudou muito, daquela época para cá — respondeu o Velho. — Mas não no sentido que a gente, que os hippies sonhavam. Algumas coisas melhoraram. Muitas não. Mas eu acho que ainda dá para melhorar muita coisa. Só que não é mais para mim. Hoje, mudar ou não as coisas, é assunto de vocês...

— Eu acho que a gente pode trabalhar para melhorar muita coisa — comentou Flávia.

— Nunca pensei muito nisso — disse Marcos.

— Sempre penso — disse Flávia. — Só não sei como.

— Olha — disse o Velho. — Eu não quero ser guru de ninguém, hoje eu estou mais a fim é de ficar no meu canto. Mas que tem muita coisa que pode ser feita, isso tem. É só você pensar que a maior força de mudança no mundo de hoje é isso aí...

Fez um gesto, abrangendo os computadores e tudo o que havia na sala.

— A informática... — murmurou Flávia.

— É, a informática, as telecomunicações — continuou o Velho. — É uma tecnologia que está mudando o mundo, e mudando bem depressa. E tanto pode mudar para um mundo melhor como para piorar o que já existe de ruim. Depende de como for usada.

Baixou um silêncio entre eles. Só se ouvia o zumbido das máquinas e as interjeições de Pedro, navegando na Internet, descobrindo as possibilidades do fanzine. Marcos ficou olhando a foto, pensando em como teria sido tocar num lugar como aquele, lembrando dos outros membros da banda. Um assunto que o preocupava veio à tona.

— Rolava muita droga por lá? — perguntou Marcos.

O Velho olhou para ele, como que avaliando qual seria o envolvimento desses meninos com as drogas. Falou, com cuidado, mas tranquilamente.

— Rolava, sim. Muita e de todo tipo — disse o Velho. — Principalmente maconha e LSD.

— E você... tomou alguma coisa? — perguntou Flávia.

— Tomei todas — continuou o Velho. — Experimentei tudo o que existia. Como acontecia com todo mundo que estava naquela onda.

— E daí? — Marcos insistiu.

— Fazia parte daquele momento — tentava explicar o Velho. — Sobretudo o ácido e as alucinações, as viagens que ele proporcionava. Mas eu comecei a ver muita gente boa dançar.

— Como assim? — perguntou Flávia.

— Vários amigos meus piraram com o ácido, fizeram uma viagem ruim e não voltaram mais. — O Velho pensou um pouco antes de continuar: — Outros morreram. Muitos morreram de overdose, outros foram morrendo aos poucos, ficando imprestáveis até...

Ele se calou.

— E você? — insistiu Flávia.

— Sabe o que aconteceu comigo? — os olhos do Velho brilharam. — Eu descobri os computadores. Descobri que a viagem que os computadores proporcionam é muito mais louca que a de qualquer droga. E não acaba. Nem faz mal.

Os dois ficaram olhando para ele sem saber o que comentar. A ideia parecia-lhes tão extravagante que, por um momento, não souberam o que dizer. O Velho sorriu.

— É isso mesmo! — disse ele. — Tem até um cara, um professor americano, o Timothy Leary, que, naquela época, era o grande guru das drogas. Ele recomendava aos jovens tomar ácido, para fazer viagens por mundos alternativos. Pois até ele acabou reconhecendo que a realidade virtual, por exemplo, é muito melhor que qualquer droga. Você viaja no mundo virtual, navega pela Internet e volta. Com muito mais liberdade, mais controle e sem danificar o teu corpo...

— Nunca tinha pensado nisso — murmurou Marcos.

— Nem eu — concordou Flávia.

— Pois pensem — disse o Velho. — Vale a pena.

Pedro, que não tinha ouvido nada da conversa, envolvido pela viagem no computador, afastou-se da tela e chamou:

— Edu!

— Que foi? — perguntou o Velho.

— Tem uma página na qual eu não estou conseguindo entrar — disse Pedro. — Dá uma mão aqui.

O Velho se dirigiu ao computador, olhando a tela

por sobre o ombro de Pedro. Marcos e Flávia o seguiram. Logo estavam os quatro totalmente absorvidos pelo que passava na tela, viajando com o Velho pelos caminhos virtuais.

25

Pedro e Jorge carregavam, com dificuldade, cinco pesados pacotes. Marcos os encontrou na rua, perto da casa de Pedro. Ao verem Marcos, os dois largaram os pacotes no chão.

— Acabou de sair! — disse Pedro, entusiasmado e afogueado pelo esforço.

— Nem vimos ainda — completou Jorge.

— Puxa, caras, me atrasei — desculpou-se Marcos. — Deixa que eu ajudo a levar.

Entraram com os pacotes no edifício, bufando com o peso, mas entusiasmados. Ocuparam o elevador de serviço e, entre gracejos e reclamações bem-humoradas, chegaram ao apartamento, jogando os pacotes na sala. Imediatamente, Pedro se precipitou sobre um deles, cortando o cordão que o fechava com um canivete e rasgando o papel. De lá, tirou um exemplar do fanzine.

— Tchan, tchan, tchan, tchaaaaan! — brincou Pedro, enquanto levantava a revista, em triunfo.

— Deixa eu ver! — disse Marcos.

Jorge pegou outro exemplar e os três começaram a examinar o impresso. A capa era colorida, as páginas internas em preto e branco. A diagramação criativa de Pedro, com os recursos de computador, e os desenhos de Marcos davam às páginas um aspecto atraente e profissional. Não tinha a cara bem-comportada das revistas comuns: os textos, vazando sobre desenhos que rasgavam a estrutura das páginas, as fotos que não se continham em limites precisos, revelavam uma mistura de história em quadrinhos com cinema e com a estética da multimídia.

— Tá demais, cara, tá muito legal! — entusiasmou--se Marcos.

— Pode crê, mano, vai arrebentar! — Jorge apontava a matéria sobre rap, onde um desenho de Marcos ocupava duas páginas, recriando o ensaio do Fator Radical.

— Beleza — resmungou Pedro, enquanto examinava em detalhes cada página. — Até que a impressão ficou boa.

Ele tinha conseguido, com um amigo de seu pai, a impressão do fanzine numa pequena gráfica, que dispunha de uma máquina de off-set para fazer folhetos de publicidade barata. Eram apenas quinhentos exemplares, mas Pedro considerava até exagerada a tiragem. Ele teria que pagar só o papel e ainda conseguiu um mês de prazo. A composição tinha sido toda feita em seu computador e, depois, trabalhada num *bureau* gráfico, cujo dono era guitarrista.

— E a gente tinha pensado em fazer em xerox... — murmurou Pedro.

— Assim ficou outra coisa! — Marcos estava deslumbrado.

— E agora, o que a gente faz? — perguntou Jorge.

— Vamos distribuir o fanzine imediatamente! — disse Pedro.

— Espera aí — objetou Marcos. — Como é que a gente vai levar esses pacotes? É muito pesado.

— Vamos, primeiro, levar alguns exemplares no estúdio — planejou Pedro. — Se o pessoal da Lethal Project estiver lá, o Fernandão tem carro, ele vai quebrar o nosso galho.

Logo depois, os três entraram no estúdio, afogueados da quase corrida até lá. O pessoal da banda já estava chegando, Fernandão tomava uma cerveja com o baixista. A alegria de Marcos e Pedro com o fanzine contagiou a todos. Cada um pegou um exemplar.

— Do cacete, meu! — disse o baixista. — Olha essa matéria sobre o nosso show lá na Vila!

— Fernandão, você está de carro aí? — perguntou Pedro.

— Estou sim — respondeu o outro. — Por quê?

— Você pode nos ajudar a distribuir o zine? — continuou Pedro. — Quero dizer, agora, já!

Fernandão pensou um pouco e tomou uma decisão.

— A gente ensaia mais tarde — disse para o baixista. — Avisa os outros, quando chegarem.

Algumas horas mais tarde, eles estavam na quinta loja de discos que visitavam, no centro da cidade. Já tinham passado pela Paulista e por um shopping. Em todos os lugares, a recepção ao fanzine tinha sido muito boa. Eles estavam cansados, suados e contentes. O dono da loja saiu do escritório com a publicação na mão e dirigiu-se a Pedro.

— Cara, deixa eu te dar os parabéns! — disse. — Esse zine é a melhor coisa que eu tenho visto em muito tempo, melhor que muita revista de editora grande.

— Pois é — disse Pedro. — Agora a gente precisa de apoio para continuar.

— Pode contar conosco — continuou o dono da loja. — Reserva uma página para nós, no próximo número. E, olha, eu conheço uns carinhas de gravadora... não são das grandes, claro, é um pessoal desses selos mais alternativos, mas que vendem bem aqui no centro. Eu acho que consigo convencer os caras a anunciar, a comprar uma meia dúzia de páginas.

— Pô, cara, legal! — entusiasmou-se Pedro. — Muito legal!

Voltou-se para Marcos.

— Não falei que o pessoal ia se interessar? — continuou. — O *Trash* vai continuar e vai ser um sucesso! Isso é só o começo.

— Vamos tomar uma cerveja, ali em frente — convidou Fernandão. — E outra, hoje à noite, depois que a gente acabar de distribuir o zine e do ensaio da banda, vamos sair para comemorar!

— Como assim? — perguntou Marcos.

— Na banda tem dois carros, o meu e o do Gralha — explicou. — A gente sai por aí, dando umas bandas pela Vila e por outros lugares legais.

— Eu topo — disse Pedro.

— Eu também — concordou Jorge.

Marcos pensou um pouco. Afinal, parecia que agora estava dando tudo certo. Pensou em convidar Flávia.

— Tá bom, eu também vou — disse Marcos. — Hoje é um dia especial.

Saíram, eles e o dono da loja, para o bar em frente à loja. "Tudo parece ótimo", pensou Marcos. O sol do fim de tarde dava um ar particularmente alegre ao movimento do centro da cidade.

26

Fernandão manobrou o carro para estacionar em frente ao prédio onde morava Flávia. Já passava da uma da manhã, a noitada tinha sido ótima e Flávia pedira para voltar para casa. Tinham saído por volta das oito, em dois carros. No de Fernandão, foram Marcos, Flávia, Jorge e Pedro. No outro, os outros membros da banda e o técnico de som do estúdio. Passaram por vários bares na Vila, onde as bandas costumavam se reunir. Em alguns lugares o fanzine já tinha chegado, levado por algum músico que o achara nas lojas que todos frequentavam. Mesmo onde não tinha chegado, a informação de que existia e era muito legal já corria. Com menos de duzentos exemplares distribuídos, já era um sucesso, pelo menos no meio das bandas. A festa tinha sido grande, Pedro e Marcos eram os heróis da noite.

Marcos sentia-se particularmente bem, ao ser reconhecido pelos outros como desenhista do zine e como baterista da Lethal Project. Fernandão já o promovera a baterista titular e eterno da banda, já o apresentava a todos como se tivessem sido amigos de infância, embora fosse quase dez anos mais velho. Marcos sentia uma segurança que nunca havia conhecido antes, reforçada pela presença de Flávia a seu lado. As coisas entre os dois pareciam ir muito bem.

Enquanto Fernandão esperava, Marcos desceu do carro com Flávia e a acompanhou até a porta do edifício. Flávia se voltou para ele.

— Vocês vão voltar logo para casa, não é? — perguntou ela. — Não vão ficar dando bandas por aí?

— Acho que a gente vai logo para casa — respondeu Marcos, estranhando a pergunta de Flávia. — Por quê?

— Não sei — disse ela. — Uma sensação ruim.

— Bobagem, Flávia, até parece que você está com ciúme... — brincou Marcos. — Prometo que não vou encontrar ninguém...

— Você sabe que não é isso, seu bobo — protestou Flávia. — Claro que eu sinto ciúmes, mas não agora, não nesta noite. É outra coisa, um... pressentimento.

— Não vai acontecer nada, daqui a pouco estou em casa — disse ele.

Flávia o olhou por alguns momentos e, em seguida, o abraçou. Marcos a abraçou com carinho e arriscou uma olhada para onde estava o carro. Constatou que os outros não estavam olhando para ele. Então procurou os lábios de Flávia e a beijou longamente. Depois ela se afastou e abriu a porta do edifício.

— Então, até amanhã — disse ela. — Toma cuidado.

Marcos ficou olhando pelo vidro da porta até vê-la abrir a porta do elevador e entrar. Só aí voltou para o carro, em passos lentos.

— Vamos embora — gritou Fernandão para ele. — Até parece que você está passeando no parque, cara.

Marcos fez um gesto divertido, sem apressar o passo. Ele estava se sentindo bem demais para se incomodar com brincadeiras. O sucesso do zine, seu reconhecimento como baterista, a relação com Flávia. Uma sensação de ser capaz de realizar coisas e de ser amado por uma pessoa legal. "Talvez essa seja a sensação de ser adulto", pensou. Sentia-se adulto, distante do menino inseguro que fora até bem pouco tempo atrás. Entrou no carro. Pedro havia passado para o banco de trás, onde já estava Jorge, e ele sentou na frente.

— Vamos lá! — disse Fernandão, arrancando com o carro e cantando ligeiramente os pneus.

— Vamos comer alguma coisa — disse Pedro. — Eu estou faminto.

— Eu também — concordou Marcos.

— Eu sei dum hot dog que fica aberto a noite inteira — disse Fernandão. — É bem legal.

— Oba — comentou Jorge. — Tô super a fim, mano! Já imaginou um cachorro com todo aquele monte de porcaria: maionese, batata frita, ketchup, purê, mostarda, vinagrete...

— Já estou com água na boca! — disse Marcos.

Minutos depois Fernandão estacionava em frente a um trailer, muito iluminado, que quebrava a tranquilidade de uma praça de bairro com o ruído dos carros e das vozes. Parecia uma ilha no meio da noite, cercada por carros e por jovens que disputavam os hot dogs e os refrigerantes.

— Dá um cachorro com tudo em cima! — berrou Fernandão para o dono do trailer, que o cumprimentou como velho conhecido.

Fernandão já havia encontrado, entre os fregueses, outros conhecidos. Gente de outras bandas ou meros frequentadores das esticadas noturnas, parte de uma fauna que, depois de um certo tempo, acaba compondo uma única tribo. Enquanto ele falava com um e com outro, Marcos, Pedro e Jorge pegaram seus hot dogs e se juntaram num canto para devorá-los. Marcos reparou que Pedro estava meio quieto e que, depois de um momento, se afastou, indo se apoiar numa árvore. Resolveu perguntar o que era.

— Alguma coisa errada, Pedro? — disse Marcos se aproximando do outro.

— Não... é que... — Pedro hesitava.

Fernandão vinha se aproximando, depois de sua ronda, fazendo zoeira com todo mundo. Acabou ouvindo o que Pedro dizia, depois de superar a hesitação.

— Sabe a Adriana? — perguntou.

— Claro! — disse Marcos. — Achei que vocês estavam juntos faz tempo.

— É, é isso aí — remoeu Pedro. — Mas faz uns dias que eu acho que ela anda meio estranha e hoje eu a chamei para sair conosco. Ela não quis vir.

— Vai ver ela não podia — tentou consolar Marcos.

— Quer saber duma coisa? — falou Fernandão, intervindo na história. — Se ela não quer vir até você, cara, vai até ela e faz alguma coisa.

Pedro olhou para Fernandão, um pouco espantado com a intervenção do outro. Eles não tinham o hábito de dar palpite na vida sentimental dos colegas. Mas parece que as coisas não eram assim com Fernandão. Com o longo rabo de cavalo que dava quase na cintura e a tatuagem que parecia querer saltar do bíceps modelado a halteres, ele parecia muito mais agressivo do que era na realidade.

— Você sabe onde ela mora, não sabe? — disse ele.

Pedro concordou.

— Então a gente vai até lá e acorda ela, faz um som — sugeriu Fernandão.

— Cara, é tarde — ponderou Pedro —, pode dar confusão.

— Então, olha, eu tenho equipamento no carro para fazer uma pichação legal — continuou Fernandão. — Você pode escrever no chão, no meio da rua, em frente da janela dela. Garanto que a gata vai delirar quando enxergar a mensagem...

Pedro ficou pensando.

— Não é má ideia — disse. — A Adriana gosta de umas coisas assim, meio loucas.

— Vamos lá — disse Marcos, a boca ainda cheia com o hot dog.

— Pode crê, mano — completou Jorge. — Vamo nessa.

Depois de um tempo, o carro de Fernandão entrou na rua onde morava Adriana. Já passavam das três da manhã. A rua estava totalmente deserta, a não ser por um segurança que estava sentado num banquinho ao lado de uma guarita, na esquina da rua da casa de Adriana. O bairro só tinha casas, nenhum edifício. Estritamente residencial, não se viam fachadas de bares ou padarias. Apenas casas de alto padrão, de classe média alta. As guaritas de plástico pré-moldado plantadas na rua, com seguranças, já faziam de tal forma parte da paisagem que os rapazes nem prestavam mais atenção nelas. Só viam, mesmo, a rua deserta e tranquila.

— Qual é a casa? — perguntou Fernandão.

— Aquela ali, no meio da quadra — disse Pedro. — E o quarto dela é a janela da direita, na frente da casa.

Fernandão manobrou lentamente, passando na frente da casa. O som do carro estava bem alto e tocava o rock pesado de uma banda trash. No silêncio da madrugada, parecia um trio elétrico com todos os seus alto-falantes ligados.

— Aqui está bom — disse Fernandão. — Assim eu deixo livre a área da rua em frente à janela.

Parou o carro, eles desceram. Com as portas abertas, o som que se despejava na rua ficou mais alto ainda. Fernandão abriu o porta-malas do carro: lá dentro havia uma tremenda bagunça, desde uma guitarra em sua caixa e um pequeno amplificador até sacos plásticos que envolviam conteúdos misteriosos.

— Pô, meu — disse Marcos. — Que confusão! Parece um quarto de despejo.

— Tem coisa aí que eu nem sei mais o que é — riu Fernandão. — Mas o que nós estamos precisando aqui é... isso.

Pegou um saco plástico de lixo, cheio com alguma coisa pesada. Pôs no chão, os outros se agruparam em torno. Ele abriu o saco: tinha uma lata de tinta, fechada mas bastante suja por fora, e algumas broxas.

— Ô, mano — espantou-se Jorge. — Como é que você anda com todo esse bagulho por aí?

— Aí tem de tudo, cara — respondeu Fernandão, com uma ponta de orgulho. — Tem spray, tem coisa pra acampar, tem tudo que eu possa precisar de repente. Mas agora o negócio é esse aí: com essas broxas dá pra fazer umas letras bem grandes no asfalto.

— Você já sabe o que vai escrever? — perguntou Marcos, dirigindo-se a Pedro.

— Sei, sim, vamos lá! — respondeu Pedro.

Fernandão abriu a lata de tinta, Pedro pegou uma das broxas, molhou na tinta e foi para o meio da rua, começando a traçar letras grandes. Marcos e Fernandão foram atrás, reforçando e retocando as letras. Jorge ficou encostado no carro, olhando a rua. Já estavam quase acabando a frase, quando Jorge alertou:

— Ei, o guardinha da guarita tá espiando a gente — disse, sem alarme.

Fernandão parou de riscar o chão, olhou para a esquina. O segurança olhava, de fato, mas quase como se estivesse se escondendo. O corpo estava atrás do muro, só a cabeça aparecia. Quando percebeu que os rapazes tinham parado e estavam olhando para ele, sumiu atrás do muro. Marcos riu.

— Ele deve estar assustado — disse Marcos.

— O som tá alto — comentou Pedro. — Talvez esteja incomodando.

— Baixa aí — disse Fernandão, dirigindo-se a Jorge. — Não vamos arrumar encrenca.

Jorge entrou no carro e diminuiu o volume do som. Os outros três terminaram de escrever. Pedro recuou até a calçada e leu: "A. LIGA PRA MIM. TE AMO. P.".

— Ficou legal — avaliou Pedro.

— Vamos embora — disse Marcos, preocupado. — O barulho pode ter acordado alguém, podem chamar a polícia.

Entraram no carro, Pedro e Jorge no banco de trás, Marcos na frente, enquanto Fernandão punha a lata e as broxas no plástico e guardava tudo no porta-malas. Em seguida, ele também entrou no carro, sentando-se ao volante.

— Vamos dar uma volta, devagar, em torno da quadra, pra ver se ninguém acordou — sugeriu.

— É melhor a gente se mandar — disse Marcos.

— Acho que o Fernandão tá certo — comentou Pedro. — Vamos dar uma olhada.

Fernandão engatou a primeira e saiu lentamente com o carro. O rádio, agora baixinho, não incomodava mais ninguém. Deram uma primeira volta na quadra. As casas continuavam todas fechadas, nenhuma luz fora acesa. Não viram nem o segurança. Deram uma segunda volta, passando de novo pela esquina da casa de Adriana.

— Parece que está tudo calmo — comentou Marcos.

Nesse momento, como que surgido do nada, o segurança pulou na frente dos faróis do carro, agarrando o revólver com as duas mãos e apontando para eles. Berrava alguma coisa incompreensível. Fernandão freou bruscamente.

— Pô, que diabo é isso?! — gritou Marcos.

— É assalto! — berrou mais alto Fernandão. — Ele quer nos assaltar!

No mesmo momento, Fernandão afundou o pé no acelerador e girou o volante. Os pneus cantaram no asfalto e o carro se lançou para frente, desviando-se do segurança por uma distância mínima. Marcos chegou a perceber que o sujeito girava em torno de si mesmo, equilibrando-se para não cair, embora não tivesse sido atingido pelo carro. Olhou para trás e viu o segurança se reequilibrando e levantando a arma na direção deles.

— Ele vai atirar! — gritou Marcos.

Três disparos secos, como espoletas de brinquedo. Marcos ouviu um ruído de impacto contra o metal do carro e, ao mesmo tempo, sentiu um choque, seguido de ardor, no braço. Antes de poder se mexer, ouviu um gemido surdo, agoniado, vindo de trás. Pôs a mão no braço, sentindo alguma coisa viscosa e quente na mão, enquanto olhava para o banco traseiro. O rosto de Pedro, com os olhos esbugalhados, revelava surpresa e choque. Em sua camiseta branca, do lado direito do peito, começava a se espalhar uma mancha vermelha.

— Ele acertou o Pedro! — arquejou Marcos. — E eu também estou ferido!

Jorge precipitou-se sobre Pedro, abraçando o amigo e tentando achar o ferimento. Fernandão olhou pelo retrovisor e viu o segurança, lá longe, ainda apontando o revólver. Acelerou mais ainda e dobrou a esquina com os pneus guinchando.

— O que é que eu faço, cara, o que é que eu faço? — perguntava Fernandão, o rosto lívido.

Marcos via o sangue começando a brotar entre seus dedos, na mão que segurava o outro braço. Não conseguia sentir dor, apenas um medo muito grande e a cabeça rodando. Olhou para trás. Jorge tinha localizado o ferimento, o buraco de saída da bala no peito de Pedro, pouco abaixo da clavícula, acima do mamilo direito. A respiração de Pedro era arquejante e ele não falava nada, mantinha apenas os olhos bem abertos, numa expressão de total incredulidade.

— O ferimento é bem grave — disse Jorge. — Está sangrando bastante.

— O que eu faço? — repetia Fernandão.

Marcos sentiu-se novamente como um menino inseguro, como uma criança que precisa de apoio, incapaz de decidir sozinho o que fazer. Fernandão parecia mais assustado ainda. Marcos procurou pensar em alguém que os apoiasse.

— O Velho! — disse. — A casa do Velho é aqui por perto.

— Quem? — perguntou Fernandão.

— Não importa, é um cara que... — Não era hora de explicar, pensou Marcos. — Ele vai nos ajudar. Olha, pega ali à esquerda.

— Tá, me diz o caminho. — Fernandão seguiu a direção indicada por Marcos, em alta velocidade, com os pneus cantando.

As ruas desertas permitiram que eles fizessem o caminho em poucos minutos. Marcos segurava o braço, dava as indicações a Fernandão e olhava, de vez em quando, para trás. Pedro escorregara para uma posição quase deitada, amparado por Jorge. O sangue tinha se espalhado pela camisa, manchando o banco do carro e as mãos de Jorge. Pedro gemia baixinho e parecia ausente. De repente disse alguma coisa, quase inaudível.

— O que foi? — perguntou Jorge, aproximando o ouvido da boca do outro.

— Eu não quero morrer... — Pedro repetiu, numa voz sumida.

Jorge olhou para Marcos.

— Ele disse que não quer morrer — falou Jorge, a voz travada pela emoção.

— Segura aí, cara — disse Marcos, olhando nos olhos desfocados de Pedro. — Aguenta um pouco que a gente vai dar um jeito nisso.

Ele olhou a rua que se estendia à sua frente.

— Entra ali! — indicou.

Fernandão fez a curva praticamente em duas rodas. Segurando-se no banco, Marcos reconheceu a casa, a meia quadra de distância.

— É ali, aquela casa com a antena parabólica! — gritou Marcos.

Fernandão freou bruscamente em frente à casa. Marcos abriu a porta e saiu cambaleando, com a mão pressionando o braço. Nem precisou bater na porta, porque antes de chegar nela a luz se acendeu e o Velho escancarou a porta num movimento brusco.

— Que zoeira é essa? — veio dizendo ele, até reconhecer Marcos e perceber o sangue em seu braço. — Você está ferido, Marcos? Que foi que aconteceu? Entra aqui!

Precipitou-se para segurar Marcos. Mas este o deteve.

— O Pedro está bem mais ferido do que eu — disse Marcos. — Lá no carro.

O Velho foi até lá, entrou um pouco no carro, levantando o banco da frente. Examinou Pedro superficialmente. Tornou a sair, alarmado.

— Parece bem grave — disse o Velho, dirigindo-se a Marcos. — O Pedro precisa ir para um hospital imediatamente. E você também. Mas, antes de mais nada, o que foi que aconteceu?

Em poucas palavras, Marcos contou. O Velho sacudiu a cabeça.

— Vocês são muito bobos, circulando devagar de madrugada, no mesmo lugar — comentou. — O idiota do guardinha deve ter achado que vocês estavam procurando uma casa para assaltar...

Ele olhou novamente para o carro e começou a tomar decisões.

— Marcos, você e o rapaz aí — disse, referindo-se a Fernandão — vão levar o Pedro para a emergência... da Beneficência Portuguesa. Acho que é a mais próxima com condições de atendê-lo. Eu vou ligar para a polícia, para relatar os fatos e dar queixa contra o segurança. Assim vocês ficam protegidos.

Voltou-se para Jorge.

— Você não está ferido, está? — A pergunta foi retórica. O Velho continuou: — Você fica aqui comigo e de manhã vai para sua casa.

— Por quê? — perguntou Jorge, ajeitando Pedro no banco e descendo do carro. — Por que eu não posso ir com eles?

— Porque você é negro e todos os envolvidos nessa história vão ter que falar com a polícia — disse o Velho, bruscamente. — Embora vocês sejam as vítimas, é capaz da polícia achar que você é culpado de alguma coisa, só porque é negro.

Jorge olhou para o chão, irritado, mas concordou.

— E, ficando aqui, você me conta melhor as coisas, para que eu possa dizer direitinho para a polícia o que aconteceu, onde foi e tudo o mais. — Voltou-se para os outros: — E, olha, para todos os efeitos, eram só vocês três no carro. Não esqueçam. Agora, se mandem.

Marcos entrou no banco de trás do carro, apoiando Pedro com o braço bom. O sangramento do outro braço parecia ter diminuído. O que vinha agora era a dor. O braço latejava, como se estivesse sendo arrancado, e ele tinha que se controlar, porque Pedro estava ainda mais pálido.

— Vai lá, Fernandão — disse Marcos. — O Velho já te explicou onde é.

Sem dizer palavra, o outro arrancou com o carro. O Velho e Jorge entraram na casa. Fernandão dirigia velozmente, mas sem o pânico de momentos antes.

— Aguentem aí — disse Fernandão. — A gente chega logo lá.

Algum tempo depois, o carro estacionava na entrada do pronto-socorro da Beneficência. Fernandão alertou os enfermeiros e, enquanto Marcos saía do carro, a maca chegou. Um dos enfermeiros viu o sangue espalhado na roupa de Marcos e fez um gesto em direção a ele. Marcos recuou e indicou o carro. Os enfermeiros se precipitaram sobre Pedro e o puseram na maca. Entraram no hospital, seguindo a maca. Sem se deter, os enfermeiros levaram Pedro lá para dentro. Uma atendente entrou na frente deles, impedindo-os de seguirem atrás da maca.

— Pra lá não pode — disse ela, e, então, viu o sangue no braço de Marcos. — Mas você também está ferido! Venha comigo.

Pegou Marcos pelo braço bom e foi puxando-o para outro corredor. Marcos se voltou para Fernandão.

— Ei, cara, você segura aí? — perguntou.

— Tudo bem, deixa que eu falo com os homens, faço as fichas e tal — assegurou Fernandão.

Marcos pensou que Fernandão parecia agora mais calmo. Percebeu que, com o Velho e Fernandão na retaguarda, Pedro sendo atendido, ele podia se preocupar consigo mesmo. A dor no braço subiu em pulsações latejantes. Sentou na cadeira que a atendente indicou e permitiu que ela lhe tirasse a camiseta. Sentiu uma vontade muito grande de chorar e, pela primeira vez desde o incidente, pensou em seu pai. E em Flávia. O médico chegou e pegou em seu braço. Ele se deixou afundar na dor.

27

O médico era bem jovem, parecia ter saído recentemente da faculdade. Ele examinou o curativo no braço de Marcos.

— Você teve sorte, garoto, a bala pegou só de raspão — disse o médico. — Sangra bastante, mas não é nada grave.

Marcos não conteve a ansiedade.

— E o meu colega, o Pedro? — perguntou. — Ele estava mais ferido do que eu...

— Não sei, é outra equipe que está cuidando dele — respondeu o médico. — Acho que está sendo operado agora. Vocês se meteram numa bela confusão...

— E o que eu faço agora? — continuou Marcos. — Preciso saber do Pedro...

— Olha, dá para vestir tua camiseta. Ela está manchada de sangue, mas dá para usar — disse o médico. — E espera lá fora. Quer dizer, você vai ter que esperar mesmo porque ferimento à bala... vocês vão ter que falar com a polícia.

Marcos voltou para a sala de espera. Sentia-se mal, com náuseas, tonto e muito cansado. Agora que a adrenalina já tinha baixado, uma enorme angústia tomava conta de tudo. Mal se deu conta das outras pessoas que estavam no saguão, várias com aspecto de doentes, esperando. Fernandão, muito agitado, veio na sua direção.

— Cara, isso está um rolo — disse Fernandão. — Eu não sei o que fazer. Os caras estão me perguntando se vocês têm convênio, se é pelo INPS, se é particular... Pediram até para eu fazer um cheque, mas eu não tenho cheque... e disseram que nós temos que falar com a polícia...

— E o Pedro? — perguntou Marcos.

— Nada ainda — disse Fernandão —, nenhuma notícia.

Marcos viu que, no balcão, o atendente apontava para eles, indicando-os a um homem de meia-idade. O homem veio na direção dos dois, com um passo deliberadamente lento.

— Ei, vocês dois! — interpelou o homem. — Foram vocês que deram entrada com outro carinha ferido à bala?

Marcos concordou com a cabeça, notando que o sujeito olhava ostensivamente as manchas de sangue na sua camiseta, a tatuagem e o cabelo de Fernandão.

— Polícia — disse o outro. — Você tem cara de ser de menor. Quantos anos?

— Quinze... — disse Marcos.

— Eu tenho vinte e três — disse Fernandão.

O policial olhou para Fernandão, com evidente censura. Voltou-se de novo para Marcos e consultou uma anotação.

— Dois feridos à bala... — comentou, com certo tom de acusação. — Que é que foi? Vocês andaram se estranhando e um atirou no outro?

— Não, não foi nada disso — tentou consertar Marcos. Mas o policial não deu tempo.

— Aquele carro com furos de bala aí em frente — disse para Fernandão — é teu?

— É meu, sim — respondeu Fernandão.

— Documentos — ordenou o outro.

Confusos com a mudança de assunto e com a maneira aparentemente aleatória com que o policial jogava as perguntas, os dois não sabiam o que fazer. Fernandão enfiou a mão no bolso e tirou os documentos do carro. Marcos se encolheu, com muito medo, com uma enorme vontade de que alguém, algum adulto, aparecesse ali para apoiá-lo. O policial examinava os documentos e Marcos estava tão mergulhado em sua angústia que não percebeu a chegada de outra pessoa.

— Boa noite, senhor policial — disse uma voz extremamente familiar a Marcos. — Posso saber o que está acontecendo?

Marcos olhou e não acreditou. Era seu pai: ele estava barbeado, penteado e vestia um blazer que havia sobrado dos bons tempos. A figura era totalmente diferente da que se acostumara a ver ultimamente. Quem estava ali era um homem seguro, tranquilo, até um pouco autoritário. O policial, embora surpreso, imediatamente mudou de atitude.

— Quem é o senhor? — perguntou educadamente.

— Sou o pai dele, do Marcos — disse.

Levando a surpresa de Marcos quase ao ponto do choque, seu pai se aproximou e passou protetoramente o braço por seu ombro. Ele se deixou envolver, sem resistência.

— O senhor entende — disse o policial. — Os rapazes chegaram ao hospital, feridos à bala. É preciso fazer um inquérito.

— Sei disso — respondeu o pai de Marcos, com a voz controlada, tranquila. — O senhor pode ver que os rapazes estão muito assustados. Eles foram vítimas de um atentado gratuito, por parte de um segurança que jamais poderia ter porte de arma.

Marcos não entendia como seu pai já sabia de tudo. Nem como havia chegado ali.

— Ah, o senhor já tem conhecimento do que ocorreu? — perguntou o policial.

— Sim, eu sei o que aconteceu e mais: já foi feita uma queixa no distrito policial, relatando a agressão — disse o pai. — Vamos conversar um pouco, depois o senhor interroga os meninos, se for necessário.

O policial perdeu a segurança que aparentava de início e recuou alguns passos, esperando o pai de Marcos, que continuava abraçado ao filho.

— O Edu me telefonou — disse para Marcos. — Aliás, nem sei quem é ele.

— O Velho... — comentou Marcos, baixinho.

— Quem? — perguntou o pai.

— O apelido dele é Velho — explicou Marcos. — Ele é primo do Pedro.

— Ah... — disse o pai. — Ele me contou tudo e também que vocês vinham para cá. Eu imaginei que as coisas estivessem difíceis para vocês e vim... ajudar.

Marcos estava extasiado. Aquele era o seu pai de muitos anos atrás, o pai da sua infância, seguro, protetor. Numa fração de segundo, todas as brigas dos últimos tempos ficaram entre parênteses e Marcos se entregou à proteção paterna. Correspondeu ao abraço do outro e encostou a cabeça em seu ombro. O pai se afastou um pouco.

— Você está bem, agora? — perguntou o pai.

— Estou — respondeu Marcos. — O braço está doendo um pouco, mas sem problemas. Eu estou é preocupado com o Pedro. A gente não sabe de nada.

— Eu vou tentar saber. Aliás, o pai dele deve estar vindo aí, o Edu disse que ia telefonar para ele em seguida — informou o outro. — Agora eu vou falar com o tira e com a administração do hospital.

Ele se afastou, chegou perto do policial e os dois foram até o balcão de recepção. O movimento do pronto-socorro, naquela hora da madrugada, não era grande. Marcos ficou olhando e se espantando com os sinais externos de eficiência de seu pai. Enquanto conversava com o policial, ele também chamou a atendente do plantão e falou com ela como quem dá ordens. De repente, ele conseguira juntar os fios soltos, determinar um rumo para as coisas, assumir o controle da situação. Fernandão se aproximou.

— Legal o teu pai — disse Fernandão. — Chegou e pronto, foi tomando conta do pedaço.

— É — concordou Marcos, sem muito entusiasmo.

"Deve ser o treino de executivo", pensou. Essa coisa de assumir o comando das situações, de controlar as pessoas. É evidente que seu pai tinha qualidades nesse sentido e era capaz de desempenhar seu papel com convicção. Saber disso, pensou, deve tornar o desemprego ainda mais duro para ele. Marcos começava a ver seu pai sob uma nova luz. Além de compreensão, o que vinha à tona era uma certa dose de ternura. Marcos viu um médico sair do corredor interno, olhar em torno da sala e se dirigir para seu pai. Marcos percebeu que a escolha do médico era, também, um reflexo da imagem de seu pai naquele momento. Os dois conversaram por um instante e, em seguida, seu pai indicou-o ao médico, que veio em sua direção.

— Eram vocês que estavam com o... — tentou se lembrar — ... Pedro, não é?

— Sim, éramos nós — Marcos adiantou-se. — Como é que ele está?

— Ele não corre mais risco de vida, embora seu estado seja grave — disse o médico. — A operação foi bem-sucedida e agora ele vai para a UTI.

— UTI? — alarmou-se Marcos.

— É, para a UTI — confirmou o médico. — A bala atingiu, ainda que de raspão, o pulmão do rapaz. Ele precisa ficar em observação, embora eu ache que em um ou dois dias ele possa ir para um quarto. É preciso avisar os pais dele.

— Eles já foram avisados — disse Marcos. — Devem estar vindo aí.

Mal tinha acabado de falar, o pai e a mãe de Pedro entraram no pronto-socorro. Muito assustados, pararam sem saber para onde ir. Viram Marcos e vieram em sua direção.

— São os pais do Pedro — Marcos informou ao médico.

O médico voltou-se e interceptou os dois, antes que chegassem perto de Marcos. A mãe de Pedro, muito agitada, fazia perguntas e o médico tentava acalmá-la. Marcos viu seu pai se juntar ao grupo e, em seguida, todos se encaminharam para dentro. O policial se aproximou.

— Aí, garoto — disse o policial. — Conversei com teu pai, telefonei para o distrito, parece que está tudo em ordem. Eles estão tentando identificar o vigia que atirou em vocês. Eu acho que vocês devem ter aprontado alguma, mas tudo bem, vocês são vítimas.

— Então, estamos liberados? — perguntou Fernandão.

— Por ora, estão — respondeu o policial. — Depois vocês vão ter que ir na delegacia para depor no inquérito, mas o pai dele se responsabilizou. Comportem-se.

Ele saiu, com o passo lento de quem não quer nada. Fernandão respirou, aliviado. Marcos procurou um banco para se sentar. Deixou-se cair pesadamente. Fernandão ficou por ali, sem saber o que fazer.

— Se manda, cara — disse Marcos. — Você não precisa mais ficar por aqui, já está tudo resolvido.

— Tá — disse o outro. — Mas é que... sabe...

— Vai embora — continuou Marcos. — Depois eu te procuro no estúdio. E, se meu braço não atrapalhar, a gente ensaia, porque a banda vai ter muito trabalho daqui para frente...

— É mesmo — concordou Fernandão. — O zine vai dar uma boa empurrada na banda. Mas, cara... e o zine, com o Pedro assim?

— Pelo que o médico falou, nuns quinze dias o Pedro está bom — disse Marcos. — E, se eu conheço o Pedro, ele vai querer logo começar a trabalhar no próximo número...

— Tá bom, então, cara... — despediu-se Fernandão. — Eu vou me mandar. Tchau.

Apertou o ombro bom de Marcos, num gesto desajeitado de carinho. E foi saindo.

Marcos ficou sozinho. Um imenso cansaço desabou sobre ele. Mas, ao mesmo tempo, uma sensação de que alguma coisa tinha mudado. Não era só a surpresa de ver seu pai sob uma outra luz, era uma sensação mais abrangente, uma sensação de que havia atravessado alguma espécie de passagem. O mundo real tinha chegado nele, com violência, sem piedade. Tinha a impressão de que a brincadeira tinha acabado, a infância ficado para trás. Mergulhou numa série de sensações contraditórias, em meio ao cansaço e ao sono que chegavam. Ouviu uma voz muito perto.

— Oi, Marcos.

Abriu os olhos, assustado, achando que estava sonhando. Era Flávia, em pé diante dele.

Ele se pôs de pé num salto e ela o abraçou. Ele também a abraçou e os dois ficaram um tempo sem se mover. Ele perguntou, junto ao ouvido dela.

— Como é que...?

— O Velho me telefonou — disse ela. — Eu não pude deixar de vir. Como é que está o Pedro?

— Fora de perigo — disse Marcos. — Os pais dele já estão aí.

Continuaram abraçados. Em seguida se beijaram, um beijo longo, esquecidos de tudo o que havia em torno. Quando Marcos abriu os olhos, viu seu pai, parado perto da porta do corredor interno, que os olhava de longe e sorria. Marcos não tinha certeza, mas parecia ser um sorriso carregado de ternura.

O dia já estava amanhecendo quando saíram do hospital. Pedro estava na UTI e passava bem. Os pais dele iam ficar, aguardando.

— Vamos tomar um café na padaria? — convidou o pai de Marcos. — Já deve estar aberta, a esta hora.

— Vamos — concordou Marcos.

— É bom você telefonar para sua mãe — disse o pai. — Contar o que houve e que você está bem, antes que ela saiba da história por outras pessoas. Achei melhor não falar nada para ela até que as coisas estivessem resolvidas.

Marcos concordou, registrando que, ainda uma vez, seu pai tinha se preocupado em poupar sua mãe.

Quando a informação chegasse a ela, já chegaria amenizada, resolvida. Olhou para seu pai. Por um momento ninguém falou nada.

— Pai — disse Marcos, em seguida. — Achei legal você vir aqui, resolver tudo. E eu queria, também, pedir desculpas...

O pai o olhou, com curiosidade, mas não disse nada.

— Pelo outro dia, sabe — continuou Marcos, um pouco sem jeito. — Às vezes a gente diz coisas que não queria, na verdade, falar.

— Tudo bem — disse o pai. E, pela primeira vez desde que chegara, seu rosto mostrou alguma coisa parecida com um sorriso. — Agora vamos tomar aquele café.

Os três, Flávia, Marcos e seu pai, caminharam na luz indecisa do começo da manhã. O céu estava limpo, a temperatura agradável. Parecia que ia ser um belo dia de verão.

Bate-papo com

Renato Tapajós

A seguir, conheça mais sobre a vida, a obra e as ideias do autor de A infância acabou.

Marema Valadão

Inventando um destino

NOME: Renato Carvalho Tapajós
NASCIMENTO: 5/11/1943
ONDE NASCEU: Belém (PA)
ONDE MORA: São Paulo (SP)
QUE LIVRO MARCOU SUA ADOLESCÊNCIA: muitos, de Jorge Amado a John Steinbeck.
MOTIVO PARA ESCREVER UM LIVRO: a necessidade de interferir no mundo para tentar mudar alguma coisa.
MOTIVO PARA LER UM LIVRO: conhecer o mundo, as pessoas e ir além do cotidiano, do imediato, do banal.
PARA QUEM DARIA SINAL ABERTO: para todos os que, através da literatura, do cinema, das artes, da política, buscam alternativas para fazer um mundo melhor.
PARA QUEM FECHARIA O SINAL: para os conformistas, para os que não têm imaginação.

Ainda na adolescência Renato Tapajós **descobriu** a literatura, o cinema e a política. Aos 19 anos, saiu de Belém para estudar em São Paulo. Durante o curso de Ciências Sociais fez documentários ligados ao **movimento estudantil** e participou de uma organização clandestina, o que lhe custou cinco anos de prisão. Livre, voltou a trabalhar com cinema e publicou o livro que escreveu enquanto esteve na cadeia: *Em câmara lenta*. Por isso foi **preso** novamente.

Quase 15 anos depois do seu primeiro livro, ele lançou *Carapintada*, também publicado pela série **Sinal Aberto**, e logo se transformou em enorme sucesso. Depois, escreveu *A infância acabou*, uma história que fala de temas da nossa realidade e que leva o **jovem leitor** a discutir e repensar sua vida, seus valores e seus sonhos.

Na entrevista a seguir, você vai saber um pouco mais sobre a criação deste livro e também vai conhecer algumas ideias de um **autor inquieto** que, com seu talento de cineasta, retrata na literatura o universo dos jovens como ele é: dinâmico, emocionante e cheio de vida.

Como surgiu o tema deste livro?
A ideia geradora do enredo foi sugerida por Olga Futemma, minha mulher. Conversávamos sobre possíveis temas de interesse dos jovens de hoje e ela sugeriu que um dos assuntos fosse o empobrecimento da classe média. O problema de um jovem acostumado a um bom padrão de vida e que, de repente, se vê às voltas com uma situação econômica desfavorável. A partir daí, criei o personagem central e as circunstâncias de sua história.

A história é baseada em fatos reais?
Toda ficção que pretende alguma qualidade é baseada, direta ou indiretamente, em fatos reais. No caso de *A infância acabou*, praticamente todos os eventos importantes têm raiz em algo real, acontecido com meus filhos ou com algum de seus amigos. Certos personagens são totalmente ficcionais; a maioria, no entanto, é fundamentada em jovens que conheço, em suas conversas, no modo de falar, nos interesses e nas aventuras. O eixo central da trama — a questão do empobrecimento e das dificuldades econômicas — é também muito ligado a fatos reais, envolvendo algumas experiências pessoais. Isso foi importante para que eu pudesse criar, com certo realismo, a trajetória de Marcos e de seu pai.

Por que você escolheu São Paulo como cenário do livro?
A perda do emprego e do padrão de vida, a luta dos jovens para crescer e superar suas limitações acontece em todos os lugares. Só que vivo em São Paulo e conheço o ambiente e os personagens dessa cidade. Já foi dito que as histórias universais são aquelas que falam daquilo que conhecemos: nossa rua, nosso bairro, nossa cidade. O importante é não se deter a detalhes particularistas, mas apreender as questões essenciais, que transcendem o cenário restrito e projetam uma compreensão mais ampla.

Como você explicaria a presença de temas atuais como internet, fanzine, bandas de *rock* e *rap* de periferia em sua narrativa?
Quando comecei a trabalhar o tema do empobrecimento do personagem central, a primeira preocupação que veio à tona foi a de que ele era um jovem dos dias de hoje. Sua origem é a classe média e, ainda que vivendo um processo de pauperização, seu universo é o mesmo de seus amigos e conhecidos. Minha proposta era escrever uma história com a qual

os jovens pudessem se identificar. Ainda assim, por motivos dramáticos e narrativos, era necessário limitar o cenário, deixando de fora outros assuntos igualmente atuais, como a televisão, os esportes radicais etc.

Marcos transita por diversos temas, interesses e aventuras, mas não se aprofunda em nenhum deles. Por que essa sua escolha?
Por dois motivos: o primeiro era a intenção de construir uma narrativa capaz de recriar esse momento de descoberta do mundo pelo adolescente, quando as novidades são tantas que não dá tempo de mergulhar em cada uma delas. O segundo motivo tem a ver com a proposta de uma história, digamos, cinematográfica. Acredito que o leitor adolescente de hoje é capaz de se interessar por um texto que reproduza sua apreensão do mundo: múltipla e rápida e baseada em imagens.

Dentre todas as aventuras em que Marcos se envolve, há alguma pela qual você tenha mais simpatia?
Sem dúvida, a visita à favela. Durante meu trabalho como cineasta, tenho frequentemente estado em regiões de favela e áreas semelhantes. Gravando nessas localidades, tive oportunidade de presenciar a luta de seus habitantes, as condições sub-humanas em que são obrigados a viver e a infinita capacidade de invenção que alimenta suas estratégias de sobrevivência. Acredito que os jovens de classe média precisam conhecer essa realidade para ter uma visão mais próxima do país em que vivem. De certa forma, o mundo dos *shopping centers*, das grandes avenidas, das academias de ginástica é uma ilha de fantasia encravada no panorama geral de pobreza e carência que caracteriza nosso país.

Ritmo e poesia

Com os *rappers*, na favela, Marcos descobre na música uma forma de libertação que une os jovens em busca de uma vida melhor. *Rap* é a sigla em inglês para *rhythm and poetry* (ritmo e poesia). Esse gênero musical surgiu nos Estados Unidos na década de 1970 com imigrantes jamaicanos. Na Jamaica, era comum fazer improvisações sobre versões instrumentais de *reggae*. Nos Estados Unidos, as improvisações começaram a ser feitas sobre bases de *funk*. No começo, a temática das músicas era só festa e diversão. Aos poucos, as letras passaram a incorporar protestos e críticas às desigualdades sociais e ao racismo.

Na sua opinião, os jovens de hoje são muito diferentes daqueles de seu tempo?

Há traços comuns entre os jovens de qualquer época: a curiosidade, a descoberta do mundo, a generosidade, a sensação de que sempre é possível fazer algo para melhorar as coisas. Mas é claro que há diferenças, determinadas pelas condições sociais e políticas e, também, pelo próprio desenvolvimento tecnológico.

Eu fiz parte de uma geração que tinha pouca — ou nenhuma — televisão, que lia mais, que acabava de descobrir o *rock-and-roll*, que não tinha a remota ideia de que, algum dia, iam existir computadores. Uma geração que se voltava mais para os interesses coletivos, para os movimentos que sonhavam mudar o mundo.

Já os jovens de hoje vivem outra realidade — rica de informações e de estímulos audiovisuais, e são ainda bombardeados pelos ventos da descrença que varreram o mundo nos últimos vinte anos. No entanto, o interesse por questões coletivas começa novamente a crescer entre os jovens. Só que agora eles têm acesso a muito mais dados, de fontes infinitamente diversificadas e ricas. O que pode contribuir para serem mais críticos e independentes do que foi a minha geração.

Enquanto você escrevia o livro, que tipo de emoção esperava despertar no seu leitor?

Em nenhum momento imaginei que meus eventuais leitores pudessem ter pena de Marcos. Se isso acontecesse, a proposta teria falhado. Na verdade, me propunha a que o leitor se identificasse com Marcos, vivenciasse seus problemas, sentisse suas frustrações e, em consequência, participasse emocionalmente de suas descobertas e de suas tentativas de superar os problemas. Penso que a emoção essencial da adolescência é a da descoberta do mundo. O que me interessava era partilhar essa experiência, essa emoção, recriá-la e trazer o leitor junto.

Mais algum recado para o leitor?

O mundo de hoje é áspero, difícil, agressivo, cheio de problemas. Crescer num país como o nosso — contraditório, injusto, violento — é difícil. Mas nada é definitivo, cristalizado, morto. O mundo tem chance de mudar e essa mudança pode começar pelo que nos está mais próximo, pela nossa relação com a realidade imediata. Se isso pode ser posto na forma de um recado, talvez ele seja: o único pecado imperdoável é ser conformista, é aceitar passivamente o que nos é dado.

Leia também

PELO SELO ÁTICA

Carapintada (juvenil, 1994)

POR OUTRAS EDITORAS

Em câmara lenta (romance, 1979)

Renato Tapajós

A infância acabou

sinal aberto

SUPLEMENTO DE LEITURA

Nome ______________________

Ano ______________________

Escola ______________________

editora ática

De repente, Marcos se viu obrigado a lutar pela própria sobrevivência. Sempre acostumado a ter tudo nas mãos, ele teve de aprender a ser independente, vencer obstáculos, tomar as rédeas de seu próprio destino. Nos exercícios a seguir vamos relembrar alguns momentos da trajetória de um jovem que descobriu que amadurecer é uma grande aventura.

A. A LUTA PELA SOBREVIVÊNCIA

1. Marcos enfrenta a queda brusca do padrão de vida de sua família. Porém, ele vai à luta e aprende a ver a realidade com outros olhos. Relacione as colunas, de modo a indicar o significado que cada diálogo tem para o personagem.

1. Jorge: "... pra polícia lá é tudo bandido, principalmente [...] os pretos".	( ) Necessidade de ser independente
2. Carlos: "Você tem sempre que esperar os outros tomarem iniciativa? É a tua vida, cara, teu interesse!".	( ) Desemprego
3. Assaltante: "Ô, meu! Vai dando o relógio e o tênis".	( ) Preconceito e discriminação
4. Velho: "Olha, cara, não fica culpando teu pai, não... As empresas estão usando mais computadores e menos gente".	( ) Sobrevivência a qualquer preço
5. Bete: "Eu arranjei quem continue a pagar meu aluguel...".	( ) Violência urbana

2. Cite os acontecimentos mais marcantes e responsáveis pelo amadurecimento de Marcos.

3. Na sua opinião, *A infância acabou* é baseado em fatos reais ou é pura ficção? Por quê?

ATIVIDADE ESPECIAL

Você conhece o seu mundo?

Mesmo sendo amigo de Jorge e ouvindo as músicas compostas por ele, Marcos não conseguia compreender o **mundo** do qual o amigo fazia parte. Por isso decidiu conhecer a Zona Leste, a Cohab, a favela e o grupo de *rap* de Jorge.

Da mesma forma, é comum vivermos próximos a realidades muito diferentes da nossa, sem conhecê-las profundamente apesar de sabermos de sua existência: desemprego, criança carente, abandono na velhice, favela etc.

Converse com seus amigos sobre o assunto e descubra uma realidade que seja ao mesmo tempo próxima e distante de vocês. Em seguida, escolha e visite uma instituição que represente as pessoas que vivem nessa condição, fale com elas para compreendê-las e veja se é possível fazer algo para ajudá-las.

Agora o escritor é você

A **solidão** em meio à multidão é uma característica de nossos dias, principalmente nos grandes centros urbanos. Nos metrôs, nas ruas, nos estabelecimentos comerciais... são tantos rostos, paisagens, situações que passam por nossa vida.

Em *A infância acabou* também são muitas as pessoas que Marcos conhece: o *rapper* Jorge, o *heavy* Fernandão, a frívola Priscila, o Velho, a Bete, o Duda. Escolha **um** desses personagens para **compor** em seu caderno um texto em que ele seja o personagem principal e Marcos, agora, se torne apenas mais um no meio da multidão.

6. Marcos era apaixonado por Priscila, ficava com as gêmeas nas festas, tinha um caso com a Bete e via Flávia, no início, apenas como sua companheira e confidente fiel. O que você pensa do jeito de Marcos se relacionar com as meninas? E sobre os tipos de relacionamentos dos dias de hoje?

7. O que fez com que Marcos se envolvesse com Flávia e esquecesse sua paixão por Priscila?

8. A turma de Marcos se vestia de forma muito parecida, com suas camisetas largas e abrigos amarrados na cintura. Com a queda do padrão de vida, Marcos não tem mais condições de seguir essa moda e sente-se excluído. O que você pensa disso? Como você define a relação dos jovens, em geral, com o grupo do qual fazem parte?

4. Na trajetória de Marcos há várias situações sombrias, que ele mesmo procura ignorar, não pensar muito a respeito. Que momentos da narrativa você considera como os mais sombrios? Por quê?

B. Outras realidades

5. Leia a seguir o texto extraído de uma reportagem do jornal *O Estado de S. Paulo*, de 5 de maio de 1996. A notícia faz parte de uma matéria sobre a difícil condição dos menores abandonados, submetidos à dura realidade das ruas.

"Tudo está embaçado, prédios parecem cair, árvores mudam de cor e vozes soam vibrantes. Gargalhadas e lágrimas se confundem. T. S. de 13 anos, C. C. de 12 anos e V. A. de 13 anos estão na noia. Cheiraram muita cola. 'Achamos gostoso', confessa V. A., 'as coisas ficam tortinhas'. Não sabem onde estão seus pais. Desde muito pequenos vivem na rua... Para sobreviver roubam e esmolam. Com o dinheiro, compram roupas e drogas. Não se desgrudam. Ouviram a história de que um 'justiceiro' está à solta por ali. Para despistar dormem cada dia numa rua diferente..."

Em busca de uma matéria para o fanzine, Marcos encontra com os *rappers*, na favela, e vê uma realidade que jamais imaginara. Quais são as semelhanças entre o trecho da notícia e a experiência de Marcos?